下一次鳳凰花開

瑪西——著

目次

第一章 楔子

這是一個很幸福的夢，美得幾近叫人心碎，好似這世上根本不存有離別，偏偏夢裡的桐花全離了枝椏，白皚的花瓣紛飛如淚，飄零在日式木造屋前，恍如一場五月雪。

夢裡，一名身形頎長的男子站立於日式平房屋前，雪白的襯衫上沾染幾塊顏料斑塊。他面目模糊，卻依稀可見他戴著一副金絲邊框的眼鏡，不安地搓揉著掌心，正等待著誰。

一輛黃包車緩緩停駛在平房門前，穿著寬大藍衫的年輕女僕率先跳下車，提著小布包急趕至對側，攙扶另一位嬌貴的乘客，一邊喊著：「小姐，小心。」

白嫩纖纖的玉手搭上使女的手，從容優雅地下車，縱使背對人群仍藏不住她驚世的容顏；那是一張小巧精緻的臉龐，粉撲撲的雙頰映照著迷離紅霞，雙眸眼尾上鉤如弦月，眼神清澈明亮，顧盼間漆黑的眼珠靈巧轉動，目光流轉惹人猜，而雪白膚質潤罩著一層如白玉般瑩白的光澤。

女子身穿淺紫色旗袍，一頭捲翹的短髮，邊捲的瀏海貼伏耳後，清新明艷。她不疾不徐地走進日式平房內，一派自若，絲毫不理會來往路人的注目和回望。

纖細玉足踏碎滿地的落花，女子凝望著漫天飛舞的花瓣，伸手承接落花後對著男子問：「啊，老師，今年的桐花是不是謝得太快呢？」

「油桐花季本來就短，三月花開，轉瞬到了五月便是花期結束的時刻，加上昨夜的一場雨，將花打得七零八落，看來，今年的花期注定更短。」男子一邊回應著，一邊推開房屋的木門，「裡面請。」

室內裝潢為典型的傳統和室風格，米白色的障子門、榻榻米，空盪盪的起居間中央只擺放一張茶几和兩張和式椅，簡約地無任何裝飾品。

他帶領著女子到右側廂房，角落堆放畫具顏料，零散的數個畫架都罩著一條白布，儼然是一間畫室，而四壁的白也像是一片白茫茫的大雪，部分未完成帶有色彩的畫作倒有幾分點綴雪地的味道。

原來男子是一名畫師。

「不好意思，有點凌亂，來不及整理。」他道歉道。

「別這麼說，我倒覺得這樣很乾淨，全部都是白的。不過，我沒當過模特兒呢，老師要告訴我要做什麼嗎？」她睜大眼，好奇打量著畫室。

「我想畫些風俗鄉土畫，一些日常生活。你只要放輕鬆坐著就好。」他靈光一閃，作品構思已全然湧現，迫不及待地拿起畫筆。

女子泰然自若地靠坐在檜木椅上。

鉛筆刮在紙張上沙沙作響，簡單的幾筆已勾勒出妙齡女子的輪廓，以及她優雅的儀態；

她側身斜靠著木椅，裙襬下小腿的線條柔順而纖細，足踝交疊於前方，帶點睥睨神色的雙眸，望向前方。

有別於多數的人物畫，畫家多從旁觀者的角度紀錄畫中人物活動，這張畫裡，女子正凝神望向前方，以一種端詳眼神看向畫家。

這讓畫家驚覺，這並非是他單向的觀察，畫中人也正在觀察著他，那專注神情讓他停下了畫筆。

「你見過雪嗎？」女子忽然問道。

他點頭，「嗯，我的家鄉號稱雪國，一年有六個月都在下雪，積雪最高餘兩公尺，出入危險又不方便，天寒地凍的。雪地裡所有動物都銷聲匿跡，植物凋零。一場雪代表是死寂、空無一物、奪去生命。這就是為什麼有人構圖偏好留白，但我喜歡滿版，豔麗的色彩像充沛的生命力一樣。」

女子沉思後搖頭回道：「我沒見過雪，但我猜想我是喜歡雪的。」她眼裡閃爍光芒，「老師，你說，下雪是一片死寂我不同意。白，本身也是一種顏色，他覆蓋住底下的各種顏色，讓萬物得以休息，待初雪融化，新生的綠枝枒探出頭，那不啻是一種重生嗎？白是乾淨的、強勢、希望的顏色。」

他抬頭迎向女子篤定的眼神，又彷彿被那美貌震撼般立刻低下頭，紅著臉問：「那你想見雪嗎？」腦中想著若女子身著氅袍到他的家鄉，看那雪花沾染在她的髮梢上，那畫面一定很美吧！

「我？我憑什麼去雪國？人的出生是沒有選擇權，不能選擇出生地、父母、樣貌。」女子輕笑，彷彿聽見笑話。

「既然你認為雪帶來的死寂象徵重生，為什麼不相信人有重生的權利？還是你只是害怕？」他帶著幾分私心，拿起鉛筆再為畫中女子的眼神增添幾筆剛強。

女子低頭不語，似正咀嚼畫師的話語。

「好了，草稿擬定。」男子對她一笑。

她移步至畫家身後，她看見畫家眼中的她，正以一種堅定的眼神望向前方。

結束後，就當女子準備踏出日式平房台階，身後的畫師忽然結結巴巴問道：「那個……聽說台北公園的杜鵑花開正豔，不知道你願不願意……」躲在金絲眼鏡後的臉瞬間漲紅。

他心想，唉，還是太突兀了。

女子回眸一笑說：「老師是要約我嗎？我也期待與老師下次的相見，再捎封信給我吧。」聞言畫師臉又更加潮紅。

她在使女的攙扶下坐上了黃包車，倏然轉頭問說：「我覺得老師真是個有趣的人呢！」

使女不以為然地回道：「我覺得他是個獃子，哪有人害羞成這樣，一講話就臉紅。」

女子笑而不語，從車內探出頭回望逐漸縮小的畫師身影。

人的情感有時萌發在不經意的瞬間；不為美麗的容顏，不為名利富貴，而是對方隨心的一句話，卻扎實地熨燙在你心上，那便是個開始。

這明明是多麼美好的一場夢，卻讓夢的主人落下最哀傷的淚水。

第二章　元辰宮的秘密

命運從來不是一條直行線，他是以無數意外、無數念頭串連而成的珍珠項鍊，那些看似苦難的歷程，全有其含意，走到盡頭才能看見全貌。

1

「啊——我的天啊，快九點了，又遲到了！老賀一定會殺了我！」她望著手機驚慌失措地喊著。

按掉手機的鬧鐘，螢幕顯示十幾封簡訊，還有多通未接來電。

她抱頭嘆息著，又做惡夢了，光這個月將近快五次了。

沒有時間再多想，得快到辦公室。她衝進公用浴室，慌亂地擠著牙膏。

不幸的是嘴裡傳來的是洗面乳的味道。

「該死！我也太衰了。」於是胡亂地漱了口，又重新擠出牙膏，連洗面乳還沒起泡就往臉上草率塗抹。盥洗完後跑回只有五坪大小的雅房，打開衣櫥，隨意套了件藍色襯衫和牛仔破褲，紮起馬尾，胭脂未施出門上班。

她是林悅雪，二十五歲，《台灣藝界》雜誌記者，容貌稱不上豔冠絕倫，但順眼清秀，圓圓的臉，彎彎的眉眼，笑起來露出兩顆小虎牙，看來軟萌可愛，但個性正好相反，就像此時騎著摩托車奔向雜誌社路上的她，口裡還不斷喊著：「老賀會殺了我啊——」

她對老賀的感情極為複雜，又敬又怕。父母在她國小時因車禍雙雙去世，她在芯芯育幼院裡長大，靠著舅舅的資助和助學貸款完成學業，雖然經濟拮据，一人兼三份工，但對於已有家庭的舅舅願意這樣照料她，她滿是感激，更在當前新聞系畢業工作難找且起薪低的時刻，一畢業便到舅舅任職的雜誌社上班。

而舅舅就是老賀，主管兼世上僅存的血緣關係。

抵達位於南京西路上的雜誌社後，她隨意將破爛摩托車停靠在巷內，連鎖都沒上鎖，不過依這機車破爛的程度根本沒人會偷，就算颱風天被水沖走也不會心疼。她飛快衝進電梯按下四樓按鍵，腦子裡編派各種遲到的理由；雖說《台灣藝界》雜誌主要報導消費特賣、生活趣聞、餐廳美食、台灣歷史和藝術展覽等較親民題材，沒有急迫的社會新聞案件，但缺乏時間觀念乃是記者的大忌。

一想到舅舅瞪大雙眼的樣子，她感覺頭痛更加劇烈。

電梯門開，台灣藝界雜誌社的招牌歪歪的掛在門口，她靜悄悄地走進辦公室，故作鎮定對著經過身旁的同事微笑致意著。

「唉，你剛不在，老賀點名你。」鄰近辦公桌座位的同事，同時也是大學宿舍室友的何沛然對著她使著眼色，並接著說：「該不會又做惡夢了吧。你每次做夢隔天眼睛都腫得跟什麼一樣，啊，像失戀。」

「對啊，不知道為什麼最近都這樣，頭好痛，你有沒有普拿疼？」

未等沛然回答，攝影記者黃皓鈞一聲不響地從身旁冒出，一臉擔憂，手上還拿著便利商店的咖啡說：「這裡有咖啡你先喝，晚點我去樓下藥局幫你買。」

「謝謝，真不好意思每次都喝你咖啡。」她接下，學弟堪稱暖男一枚。

「應該的，學姊一直很照顧我，如果學姊真覺不好意思的話，那禮拜日要……」

「林悅雪。」皓鈞話還沒說完，老賀聲如洪鐘的音量在三人身後響起。

沛然跟皓鈞同時噤聲各自回座位。

「總監。早。」悅雪燦笑。

老賀繼續發揮他大聲公的長才，丹田有力像拿著擴音機一樣喊著：「不早了，你算算你這個月遲到幾次，你說？連一星期才一次的週會都錯過，你是怎麼回事？」

「我……」她眼球轉啊轉，剛想的遲到理由都去哪了？

「你什麼你，你不會最近交男朋友了吧？」出於親人間的關懷，老賀向前跨一步問。腦子裡滿是欣慰，想到妹妹託付給自己的小孩有好歸宿，終於有所交代，幾秒內連婚宴地點都想好了。

悅雪眼睛靈活一轉，瞬時變了臉色回：「舅舅，我……我又失戀。」反正她從小到大感情運不順，屢次失戀也不是新聞，誆騙舅舅雖然不對，但總不能說是做惡夢，又不是三歲小孩，而且舅舅一逮到機會非要唸到天荒地老。

「呃……那……你休息一下。」老賀一臉尷尬，走回辦公室。

悅雪鬆一口氣，危機解除。

午餐時段，辦公室充斥著敲打鍵盤的噠噠噠聲響，有人正振筆疾書地如火如荼趕稿，也有人邊快速扒飯邊瀏覽稿件。

悅雪邊咬著吐司邊接下新的企畫案，鬼月特企——你相信前世今生嗎？

她皺起眉頭問：「欸，沛然，這麼low題目老賀通過？我們不是藝術生活雜誌嗎？」

沛然點點頭，「這叫與時俱進，現在懂藝術的人越來越少，大家都愛財經炒房炒股啊，」接著滑著電腦椅靠在悅雪耳邊小聲說：「聽說去年雜誌銷路很差，再這樣下去……總之要配合大眾，寫些什麼腥羶好刺激銷量。」

「不是吧！探訪靈媒？」悅雪看著企畫案嘖嘖稱奇。

「怕了啊？」

正在回郵件的皓鈞安慰道：「學姊別擔心，我會陪你們一起過去。」

沛然：「唉呦，說到這，我看過一則故事，有位讀者從小時常被鬼壓，找了靈媒發現他前世是個日本兵，殺了對方全家，對方恨到無法超生，發誓纏他生生世世，經靈媒調解後才消失。」

「啊，你別說了，我一個人住，這是要嚇死誰。」悅雪雙手遮耳。

沛然繼續說：「你不好奇嗎？聽說觀元辰宮可以看見心裡的秘密和運勢。」

悅雪搖搖頭，「我比較好奇她能不能報明牌給我買股票。」

2

「你確定是這裡？看起來很像是直銷中心的倉庫。」悅雪驚愕地望著「雅筑生技公司」的入口處。

破舊公寓牆壁斑駁，空氣飄散著陳腐霉味，樓梯間堆放一箱箱布滿黴斑的紙箱幾乎擋住了路口，三個人擠在紙箱間寸步難行。

誰會相信這裡住著知名的靈媒呢？

「咦？」沛然低頭察看手機再次確認地址，「地址是這裡沒錯，總之先按電鈴看看。」

叮咚——叮咚——叮咚——

等待約莫一分鐘仍無人回應。

皓鈞不耐問道：「你確定有約好嗎？」

「怎麼可能，我看是睡著。」沛然開始大力拍打鐵門，「許老師！許老師！」沛然如雷貫耳的叫喚聲在空蕩蕩的公寓迴響著，不枉老賀接班人的綽號。

聲音大聲得過於駭人，悅雪怕吵到街坊鄰居，趕緊阻止，「別拍了，再等等吧，會不會在忙？」

這時零碎緩慢的腳步聲才傳來，門緩緩開啟。

「吵什麼吵，年輕人真沒耐心。」門後是一名瞇著眼的老嫗，聲音破碎沙啞，穿著廉價的花布衫。

老嫗眼皮皺縮成一團，像兩個凹陷窟窿般，再加上正值晚間七點，室內全然無燈照明，漆黑一片，著實陰森恐怖。

停了幾秒，悅雪吞了一口水後說：「不好意思，許老師，是我們太急了。」

許老師沒答話，轉身走入屋內，幽幽從黑暗中傳來一句：「先進來。燈在牆邊。」

沛然摸索著牆上的電源，「許老師，這麼晚怎不開燈？而且門口寫著什麼生技公司的，是什麼？」

啪一聲昏黃的燈光照亮室內，中央神桌供奉觀世音，桌旁有張年輕人的黑白照片，香灰和燭火灑落在桌上，香座空蕩蕩，冷冷清清，顯然有些許時間未整理。

許老師平淡地說：「那是我兒子留下的，兩年前被直銷公司騙去，借錢買了一堆產品，最後走投無路，被地下錢莊鬧到自殺了。你們都說我靈，我算東算西，算不出社會騙人把戲這個劫。至於燈……」她詭異一笑後，凹陷眼窩上的眼皮彷彿跳了幾下，「至於燈光？我不需要燈。」

三人一陣尷尬，沛然旋即轉回正題：「那我先感謝你願意接受我們的採訪，在此之前我們想體驗何謂觀元辰宮。」

許老師解說，「靈體透過輪迴在陰陽界來回不斷，都是有跡可循，元辰宮是靈體的居所，記載著所有資料，像戶口名簿一樣，但不是每個人都走得到那裡，有的人試好幾次都沒辦法進去。」

「如果以心理學角度來說就是進入潛意識，有沒有回不來變成植物人？還是精神分裂？」沛然想起深夜的靈異節目，趕緊拿起錄音筆，她有點興奮。

許老師語帶不屑，「又不是恐怖小說。」說完起身，扶牆摸壁步態蹣跚地走向神桌。

悅雪上前一步扶著老婦，問道：「許老師，你要做什麼？我幫你。」

「給觀音娘娘上柱香，順便也給我唯一的兒子上柱香，唉，太久沒人來了，可憐喔。」

三人思及孤苦無依的老人霎時心生憐憫，順道拾起桌旁的抹布整理神桌，扶著許老師回座。

許老師坐定後指定悅雪：「不然你先好了。」

「我？」悅雪睜大眼。

「這麼有名的靈媒，你別怕。」沛然一副死的不是自己，推波助瀾。

許老師乾枯的雙手將一塊紅布巾纏繞住悅雪的雙眼，「待會我唸我的經，你放輕鬆就好，在那個世界裡，務必聽從指示，才不會走丟。」

有些趕鴨子上架，不過悅雪為了訪問能如期完畢還是順從地閉上眼。紅布覆蓋下，她隱約見一縷爐香裊裊升起，許老師喃喃誦讀著經書聲，似催眠，似咒語，畫面變得朦朧不清。

悅雪試著調勻呼吸，放下雜念，心無罣礙，沛然和皓鈞則坐在她身旁屏息以待。

她閉上眼後，前方原本一片闃黑黯淡，但隨著許老師規律平穩的誦經聲，開始閃爍著淡藍色的微光，耳邊傳來海水咕嚕咕嚕的聲響，像墜入一片幽深的藍海裡。

緊接著一股眩暈感來襲，前方的藍光由點逐漸渲染開來，轉瞬間成為刺眼的白，逼得她向後閃躲。

悅雪的身體突然劇烈的震動著，嚇得沛然喊出聲，又趕緊捂住嘴。

在跨入超自然空間的關鍵時刻，連汗水的滴落聲響都顯巨大刺耳。

「向前走，不要害怕。」許老師的話又喚回悅雪的注意力。

白光的盡頭豁然開朗，她先看見腳下熟悉的白色花瓣，空氣裡瀰漫著淡雅香氣。

啊，是桐花，再向上瞧，是跟夢裡一模一樣的日式平房。

她走入玄關，木屋第一道障子門後是起居間，擺設如同夢中，只有一張茶几和兩張和式椅，只不過茶几上多了盞蠟燭，微弱的燭火忽明忽滅，搖曳著。

她瞥向外廊緣側，見和煦陽光映照在外廊的木造地板上，本能地走向西側的廂房，門後一如她所想的是間白淨的畫室，中央的畫架上罩著白布。

她輕輕拉開白布，彈起的粉塵飄散在日光下，她驚愕地看著畫布，已非夢中的草稿圖，那女人的畫像竟然已完成八成，而凝視的神情仿佛正看著眼前的她。

「天啊……你究竟是誰？出現在這裡，或我究竟是誰……」悅雪感到頭又痛了起來，她撫著顳側向後退。

倏地，後院響起銀鈴般的笑聲說著：「老師的家鄉究竟是個什麼樣的地方呢？」「老師，你相信人能掙脫命運嗎？」「我就像供人賞玩的油桐花一樣，繁花落盡，成了足下的白泥。」「落紅不是無情物，化作春泥更護花。」

悅雪認出那是夢中女子的聲音，於是激動地跑向後院，邊喊道：「等等！你等等！」

年久失修的後院荒煙蔓草，草叢間發出颯颯聲響並抖動著，其間似有一道白色身影若隱若現。悅雪鍥而不捨緊跟著鑽進草叢裡，任枝葉刮得她臉上刺疼，全然不顧真實世界中許老師大喊著回來……

穿過層層樹葉後，眼前是條滿是泥濘淌水的路，天空乍然改變臉色，似憤怒地由晴轉暗，颳起強風下大雨，轟隆隆雷聲震耳欲聾。

卻已不見那身影，只見闃寂無聲的黑夜裡，大雨中，一輛黑色三輪車飛快地急駛過，濺起激烈的水花，而她整個人、整個魂魄像被吸捲入車內，跟著一路奔馳著。

車內是兩名老婦比肩而坐，悅雪坐在她們身前，就像看電影般對她們的對話、思緒一清二楚，卻沒人看見她。

3

豆大般的雨滴隨著強風敲打在缺乏避雨裝置的老式三輪車上，兩位老婦緊縮成一團哆嗦著，身上的棉襖早已濕漉漉一片。

「待會你別亂看，也別亂問，事情處理好後，領了賞就快走。」尖嘴猴腮刻薄相的老婦慎重叮嚀著。

而另一名緊抱著布包的灰衣老婦低頭小聲地回說：「是。」

灰衣老婦內心暗自怨嘆道；想想當初成為穩婆是為了迎接生命，但後來為了錢財淪為幫大戶人家、貸座敷（娼妓館）處理孽種，看看自己這雙手，已沾滿鮮血，葬送多少條生命。

唉，但如果有錢了，又有誰願意造孽，做這種虧心事呢？現下連大半夜裡大雨出門接生還要看人臉色。

半晌，濕透的三輪車駛過巍峨氣派的大院，沿著大院灰撲撲石牆的轉角駛進暗巷內，停在一個偏僻的角落。

巷內早有一名垂著兩條髮辮的婢女等待，她提著一盞黯淡的汽油燈，影影綽綽照出她驚惶的臉龐，眉毛提著高高，陰慘慘的弔詭。

「快，裡邊請。」婢女接過穩婆的布包。

一行人迅速走入巷內幽深小門內，沒入黑暗之中。

那其實是大院的偏門，平日是鎖死，多半是行不可告人之事時開啟。

氣派萬千的大宅院，在深夜缺乏光照下，黑影幢幢，儼然像隻吃人的怪獸，在配上不時傳來女人的哭喊聲，和穿梭其間女僕們的警戒表情，更顯恐怖。

她們跨過一道道的拱門，穿過一條條的長廊，最終走到內側的廂房，也是女子苦喊聲的來源處。

跨進屋內，外廳裡一名雍容華貴的美婦焦急等候，並斥喝道：「怎麼這麼久？可有人看到？」

「夫人，下雨天難免耽擱。」刻薄相老婦領先躬身回話道。

美婦瞥一眼穩婆後轉頭對刻薄相老婦使了個眼色，問道：「口風緊吧？」

刻薄相老婦點頭，「夫人放心，已先打聽過，經手過許多人，都沒傳出名字。小姐還好嗎？」

室內再度傳來女子椎心泣血的叫喊，淒厲地劃破夜空。

「快進去吧。真是倒八輩子楣，平日乖巧的孩子怎會出這種事？」美婦皺眉。

穩婆走進房內，一名少女躺在臥榻上，嘴裡咬著白布卻止不住喊叫聲，她身體承受著生產帶來的劇烈痛楚，表情扭曲，滾滾落下的汗珠濕濡了衣裳，服事的婢女忙著擦汗。

穩婆靠著床尾，打開布包，擺放出裝有明礬的小鐵罐、剪刀、紅絲線和布條，這已是那醫療水準落後時代的接生工具了。見胎頭後，穩婆轉頭對婢女說：「先備個熱水。」連忙手壓女孩腹部，女孩則再次因疼痛厲聲尖叫著。

待胎兒產出後，穩婆俐落地剪斷了母胎間的羈絆，並將斷臍對折纏上紅絲線，尾段覆以明礬。

歷經生產痛楚的女孩幾近昏厥，雙眼黯淡，一隻手無力地伸向穩婆，「給我……」

初為人母的她只不過想看看自己的孩子，那無緣的孩子。

美婦立即拉回女孩孱弱的手，並勸道：「不能看，看了就會捨不得！你快把孩子帶走！快！」

刻薄相婦人粗暴地將銀行卷塞向穩婆懷裡，命令：「走！」

穩婆火速轉身離去，婢女們則合力抓住女孩，任憑女孩心有不甘，用盡全力發出怒吼，卻仍阻止不了抱著孩子逃離的穩婆，悲鳴轉為哀泣。

昔日日治時代有著棄養、溺女嬰的習俗，原因多為貧窮無法養育、華人重男輕女的觀念、蒙羞事件，甚至「殺女嬰，男嬰才會來投胎」這樣的迷信。

穩婆將女嬰藏在布包裡，快步跳上來時的黑色三輪車。

三輪車悠悠蕩蕩地晃向山區，在一處樹叢間停下。穩婆眼神空洞地下了車。

「快點，還要趕路。」車伕催促道。他聽聞這山裡不知死過多少嬰孩，陰森森地，他只想快點回家。

「別等我了，我家在山腳，可以自己走回去。」穩婆蒼白的嘴唇打顫著。有些事哪怕做再多次，都還是讓人心慌內疚。

三輪車駛離後，穩婆走向樹叢後的溪流。

她左手提著布包，右手護著胸口，像再次確認棉襖內裡那熱騰騰的台灣銀行卷，又像意圖遮掩慌張的心跳。

雨後的天空掛著一輪明月，萬里無雲，沁涼如水的夜裡，她蹲坐在溪畔慢慢地打開布包。

不被祝福的孩子在路上一直很安靜，不吵不哭，原以為是初生嬰孩在沒有保暖狀況下早已往生，未料布包內的小獸物此刻卻以清澈明亮的目光迎向她，毫無畏懼看著這世間。

那目光嚇得穩婆跌坐在石上，喊道：「唉，你別怪我，要怪就怪你們家，出生在謝家本來是福氣，誰叫你是孽種。」她雙手顫抖地將女嬰抱出。

如同她過往的罪孽，如同那時代女孩的悲劇，她緩緩將女嬰放往水面。

霎時女嬰小小的粉掌握住她的手，並抽噎起來，似求饒。

穩婆心頭一緊，燃起惻隱之心。啊，看來你是個不認輸的女孩呢，也對，就連初生的小貓小狗都有求生本能，更何況是人呢？可憐的孩子，我給你個機會吧，之後會是如何，看你造化了。

她心一軟，又將女嬰放入布包中。

一個轉念，本來要被溺殺的女嬰又重新回到世間。

場景又回到溪邊，卻是一條不一樣的小溪，和著泥巴而汙濁的溪水潺潺流著，淺淺的水面上露出幾塊灰色小石頭。

一群婦女蹲坐溪旁，她們有的頭戴斗笠，有的梳著簡單的髮髻，有的背上還揹著嬰孩，手裡全拿著一根木棒拍打衣裳，說說笑笑，好不快樂。

其中最引人注目的一名小女孩，身著不合身的寬大灰色短衫顯得突兀，極為消瘦的臉上，有一雙驚惶的大眼。

「阿梅啊。我先回去，這饅頭先留給你，看你瘦成這樣，怪可憐的。」其中一名婦女將原本作為午餐的饅頭遞給女孩。

水面倒映出小女孩瘦骨嶙峋的臉，完全不符年紀的凹陷臉頰，像顆洩了氣的皮球，又像乾扁的桃子。小女孩眼巴巴看著饅頭，感受到嘴裡因飢餓分泌出大量的唾液，嚥下口水後小心翼翼收下，卻不打算立即吃，反而放進身後的木桶內。

「快吃啊，在這吃完，別帶回家，給你養母見著了，八成又吃不著了。她啊……真狠心。」婦女憐憫地看著小女孩。

「不是我說你契母真壞，根本把童養媳當傭人使喚，那麼小叫你做這些。」另一名婦女義憤填膺地附和道。

小女孩搖搖頭後說：「阿姨起碼沒打我。」繼續順從地拍打衣物。想到上一個養母，每次與養父吵架後都痛打她出氣，她對現在的養母懷抱感恩。

婦女們聞言後紛紛嘆息著，她們之中或多或少也是別人家童養媳拉拔長大的，日子好不好過得看契母的臉色，而小女孩命運一直被她們視為童養媳中最歹命的，就算再心疼同情，但在大家生活條件都不優渥的年代卻又愛莫能助。

太陽緩緩沉下山頭，婦女們一一離去，小女孩也提著木桶，順著低伏的山坡下行。

青綠色的田隴中央有間紅瓦白房，一個大水缸和三三兩兩的竹竿散落門口。小女孩放下堆滿衣物的木桶，手上捧著饅頭，迫不及待地進門。

想到自己又帶食物回來討阿姨開心，心裡忍不住泛起幾分得意。她微笑著。

當她跨進門口後，中央是一張木桌，板凳上坐著男童，也就是她未來的丈夫，手裡正拿著一碗盛的結結實實的白米飯，冒著煙，還飄著米飯香。

她瞪大雙眼，感受到強烈的飢餓，忍不住撫摸著肚子。是白米飯呢！有多久沒吃過白米飯，今天是什麼好日子，居然有香噴噴的白米飯吃，平日都是稀薄如水的番薯粥和豬油拌飯，桌上還有鹹菜脯、炒肉絲、蘿蔔湯，跟過年似的。

男童瞧她一眼，不為所動，又繼續扒著碗上那座小白山。

正巧養母回來，後頭跟著一名婦人。

「阿梅，你回來了啊。」養母說。

女童乖巧地遞上饅頭。

養母將饅頭放到木桌後蹲下，對她說：「阿梅，我跟你說。那個……你知道我們去年收成不好，家裡恐怕不能再多養一張嘴了。」

女童點點頭，但眼神直盯著男童手中的白飯。這句話她聽過很多次，不管去哪都好，現下只要能給她一碗白米飯。

「阿梅，所以啊……你跟著大嬸走，她會帶你去有飯吃的地方。」

「可是我肚子餓了……」

養母聽而不聞，起身對婦人說：「天色不早，趕緊上路吧。」

「可是我肚子餓了……」女童伸手想取回饅頭，但男童搶先一步，像刻意般在她面前張大嘴啃食著饅頭，一口一口。

婦人取出幾張銀行卷遞給養母後，便強拉著女童離去。

沒有任何告別，沒有任何愧歉，身後依稀只有一句，阿梅，你剛怎麼不先晾乾衣服。

趕了一夜的路，也許是因為飢餓，因為世故冷暖，小女孩宛如心灰意冷般，一言不發蜷伏在三輪車上一隅，直至抵達目的地被婦人拎下了車後，她才睜大雙眼，張大了嘴徹底甦醒，因為眼前的世界於她全新奇得不可思議。

不再是往昔居住的破舊瓦房，更不是操持勞務的豬圈雞寮山坡地等。

寬敞的道路兩旁矗立著兩三層高的宏偉壯觀建築，典雅的紅磚瓦樓和巍峨的白色洋房，往來的三輪車、鐵馬川流不息，其間穿梭著身著洋服、旗袍和和服的艷麗女子，空氣浮動著胭脂水粉和茶葉烘培的香氣，耳裡是攤商沿街的叫賣聲響，拉琴吟唱的歌聲。

來不及細看，婦人將她拉進一棟樓房內，門口站著的男子，臉皮像張風乾橘子皮，機警地打量著婦人與她。

約莫片晌，樓上一名女僕叫喚後，兩人才獲准上樓。

一踏入二樓，小女孩心裡讚嘆著，若有仙境，便是這裡了。

雕花華麗的陳列架上滿是精緻的骨瓷，壁上掛滿水墨畫，牆角的實木老爺鐘，檀木穿衣鏡，紫色綢緞的窗簾，全華美得讓她瞠目結舌。

外廳中央有名約莫三十歲左右的女子手肘撐在桃木桌上閉目養神，長形的臉上有著高聳的顴骨和微凸的嘴，黑色旗袍上繡著玫瑰紅的牡丹花，身旁的女童正幫她捶背。

婦人將小女孩推至女子跟前，女子用那塗著艷紅指甲的手抬起小女孩的下巴問道：「這麼瘦。幾歲？識字嗎？」

婦人連忙回答：「農村裡的孩子不識字，九歲。」

女子撇過頭，嘖了一聲後不滿的說：「這麼瘦，又不識字，你帶去別的地方賣。」

婦人連忙將小女孩往前推，「哎呀，她乖啊，舉凡挑材、洗衣、做飯、下田都可以，不會逃跑，吃得少，省糧食。」

「你當我這是什麼地方？我這又不是挑傭人，請回吧。」女子高傲轉頭。

小女孩狐疑地看向老婦，覺得老婦不誠實，誇大了點，趕緊辯駁說：「我不會做飯，其餘都可以，我不是吃得少，是沒東西吃。」

女子聞言噗嗤一笑，脂香粉艷側頭說：「這麼老實的小孩。」

婦人跟著乾笑，哈腰說：「這孩子挺乖的，要是不成氣候你再賣到土娼寮也行。」

女子歛眉沉思一會說：「行，帶下去。」

於是小女孩被使女帶離。

梳洗一番後，小女孩用過晚膳，心滿意足摸著肚子，感覺那夢寐以求的白米滋味，又換上合身棉布新衫，躺在有軟墊的寐榻上，她得到前所未有的幸福感。

第三章　光輝裡的相遇

1

「ㄚ頭，你醒醒。」

「悅雪！」

「天啊！不會醒來變植物人吧！」

黑暗中傳來真實時空裡熟悉的叫喚聲，是皓鈞、許老師、沛然。

啪——

強烈痛楚襲來。

悅雪醒來發現自己正躺在地板上。

她撫著頭，雙眼微瞇地看著蹲在眼前焦急的人們，怒問：「是誰巴我頭？好痛。」

她掃射一輪，許老師和皓鈞自是不可能。

「何沛然，你幹嘛打我？很痛。」

沛然紅著眼，抽噎說：「這叫疼痛刺激，我以為你回不來，你昏迷了好久，我們都快幫你叫救護車。」

「ㄚ頭，你完全失控，脫離我控制，這樣很危險。」許老師頭上冒著汗珠，神情嚴肅說。

皓鈞將悅雪扶回沙發上，「學姊，你有什麼不舒服嗎？要不要先送你去醫院？」

「除了頭被巴很痛外，沒不舒服。」悅雪悻悻然瞪向沛然，摸著頭上的腫包。

沛然：「我是擔心你，你剛突然向後一倒，很像羊癲瘋發作。我們叫不醒你，才……」

「你才羊癲瘋發作。」她轉頭對許老師說道：「許老師，我剛看見的……」

許老師打斷她的話，面露恚怒之色，「你還說，我不是叫你聽從指示，你看到的東西已經超越我能力範圍，我也不知道你跑到哪去。」

悅雪回想，「我聽到了夢中女人的聲音追了出去，好像是台灣日治時代，有戶有錢人家的小姐偷生小孩，找了接生婆來善後，本來是要溺嬰的，結果接生婆心軟，轉而賣成童養媳，最後又賣到煙花地。我為什麼看見這個？」

許老師正色道：「我不知道這場夢中你是誰，扮演什麼角色，但凡事講求機緣，不會是突如其來。又或者那些片段是你想看見，或她想讓你看見，畢竟念念不忘，必有迴響。」

「那，許老師，方不方便再帶我進去一次，我想看更清楚。」

許老師連忙搖頭拒絕，「別鬧，我剛都快被你嚇死，這樣失控下去會出人命的，不是每個人在另一空間走丟都回得來。」

見許老師堅決的神情，悅雪也不再強求。

皓鈞看一眼手錶後說：「你昏睡近三個小時，都快十點，我先送你們回去吧。」

悅雪將紅包交予許老師後，又看向神桌上的照片。心想直銷詐騙案時有所聞，但多數受害者因不知如何反擊而噤聲，甚至以自殺作為終結，其實人生大可不必如此。

正義感強烈的她暗下決定，「對了，許老師，你有直銷公司害你兒子的證據嗎？這類的直銷詐騙其實是可以報警的，不要白白被欺負了。」

「唉，我幾年前也有想過，不過，眼睛瞎了，旁邊又沒人照應……」許老師打開抽屜，拿出一支兒子生前的手機，「我是已經不帶任何希望了，就等死了和他團圓。如果你真能找到什麼證據也好，少點人被騙。」

悅雪收下手機後，三人離開舊公寓。

到家後，她先將許老師兒子的手機充電，開著手機，試著找尋出詐騙的證據。

2

悅雪小口啜飲著卡布奇諾，白色的奶泡像白鬍子一樣掛在她嘴上，眼眶下泛著青色的印痕。

「哇，你是幾天沒睡，像吸毒一樣，這麼誇張。」沛然手持粉底補妝說著。

悅雪嘆一口氣說：「沒有，是最近忙著幫許老師的兒子找出詐騙集團的證據。那家公司真的黑心，跟地下錢莊合夥誆騙投資人，先用話術騙你入會，再簽本票買產品，不只許老師的兒子，有些獨居老人、涉世未深的畢業生都上當。我一周前在網路上成立社團召集受害者，蒐集大量證據，打算利用大眾聲浪好對抗不良老鼠會。」

「悅雪真是善良，不過，也別累壞自己，有什麼要幫忙跟我說。」皓鈞嘉許說道。

一陣濃郁的香水味傳開，原來沛然正使勁按壓香水瓶，她閉眼一臉陶醉地問：「如何？Miss Dior？」

「是很好聞沒錯，不過你是不是噴太多？」悅雪的視線從上而下打量著沛然，「話說你今天怎麼了？穿緊身洋裝還化妝，有約會？」

沛然一臉喜氣，笑問：「好看嗎？我跟你說，我下午跟皓鈞要去〈HOPE！日本戰後藝術展〉。」

皓鈞：「你也冷靜冷靜，我們只是要去寫篇介紹報導，不是要去採訪那什麼光。」

「什麼光？」悅雪問。

沛然全不受影響，邊喜孜孜塗著口紅，邊燦笑說：「你怎麼知道我不會遇到前田光呢？也許我會跟他在入口處不期而遇。人啊，要隨時做好準備，機會是留給準備好的人。」說完，用困惑眼神斜視悅雪問：「你不會不知道誰是前田光吧！」

「呃……好像是文化藝術基金會的執行長，不過，不是個老頭嗎？這很重要嗎？」

「你真是落伍，前田光是去年上任的接班人，還不到二十九歲，那可是我的真命天子啊！」沛然從抽屜取出一本男性時尚雜誌，封面是一名約三十歲，穿著名牌精品西裝的男子，隨意紮著略為凌亂的馬尾顯現其率性，眼神略帶不羈地看向鏡頭，嘴角似笑非笑，筆直昂首自信的站姿，手插在口袋，一副天生的勝利者。

「如何？」沛然得意問。

「這看起來……像個痞子。」悅雪匆匆一瞥後下了結論。

沛然反駁，「呸呸呸，這叫日式雅痞！潮男，你不懂。」

「都可以啦！希望你有艷遇。總之他不是我的菜，我可不會喜歡這種馬尾男，太油膩了，消化不良。」語畢，低下頭繼續趕文案。

沛然不置可否，繼續補著妝。

悅雪打從心裡羨慕沛然，永遠能對愛情滿懷希望。她覺得自己的人生宛若桌上那杯卡布奇諾，愛情只不過是上面的肉桂粉，有了似乎更具風味，沒了，人生照樣值得品嘗。

她之所以會有悲觀想法，跟過往的幾段感情有所關聯，甫從大學入學她清新的氣質便吸引眾人讚不絕口的好學長，誠懇踏實，溫柔敦厚，交往兩年才發現對方早有女朋友，根本是滿口胡謅的騙子；畢業後因採訪結識飯店經理，論及婚嫁，卻臨時殺出程咬金——前女友。前男友都哭哭啼啼的道歉彷彿她才是加害人，這些接二連三的打擊讓她害怕，與其要面臨失望，不如不帶期望。她現下只想專注自己的事業，打點好舅舅的雜誌社，盡自己本分，若有餘力幫助身旁的人。

上傳完「雅筑生技詐騙」受害者自救會文案後，她已是頭昏腦脹，搖搖晃晃起身下樓買杯咖啡。已熬夜多日，需要咖啡因振奮精神，反正那次元辰宮歷險歸來後她再也沒夢見那女人。

等待便利商店的店員調製咖啡時，口袋裡的手機嗡嗡嗡震動著，來電顯示老賀。

「舅舅？突然打給我幹嘛？」

老賀焦急說：「你在哪裡？沛然出狀況了。」

「我在樓下買杯咖啡而已，她剛還在我身邊好好的，怎麼了嗎？」

「先上樓再說吧。」老賀匆匆掛斷手機。

悅雪拿著咖啡，疾走至電梯前。

正巧電梯一開門便見到沛然蒼白的神色，與先前興高采烈期盼艷遇的表情判若兩人。

她抱著肚子，整個人縮成一團，見悅雪如見救星，「你幫我跑下午的展覽，我肚子也不知道為什麼突然好痛，我先去醫院一趟，老賀正忙處裡採訪證。」

「啊……那你保重，有事回傳給我。」

走進辦公室，見舅舅正火速親自聯絡單位更改採訪證資料。

悅雪怔然，細聲對特別助理說：「這麼慎重啊……」

特別助理探出頭，回應：「你不知道吧，前田集團不僅跨足拍賣公司、收藏家、藝術策展，更擁有雜誌社很大的股份。雖然這次只是一般的展覽報導撰寫，不過聽說新上任的執行長雷厲風行，整個集團做事全照規矩，一板一眼，還是小心為上。」

她點點頭，坐回位置，好奇搜尋起網頁，查看所謂「雷厲風行」的執行長。

結果一條條腥羶新聞在眼前跳動，她不禁發出鄙夷的嘖嘖聲響，以為是什麼商業鉅子，根本是台緋聞製造機。

「藝廊小開前田光狠甩女明星沈安琪」

「藝術界寵兒幽會小模，消失的三小時」

「女神新歡，情定前田基金會接班人」

「前田光偕兩美度假」

越看越是反感，輕蔑地問著螢幕上滿臉傲氣的男子，你到底是藝術人士還是明星啊？亂七八糟。

3

歸功於前田集團的高辦事效率，不到一小時，雜誌社已更新完採訪證，悅雪和皓鈞順利準時出發並抵達展覽館。

前田集團的策展活動向以風格獨特而聞名，從地點選擇上便可看出其規模和用心；〈HOPE！日本戰後藝術展〉並未舉行在大家習以為常的美術館，反為追求日本昭和時期的樸實質感，前田集團挹注大量資金租賃大稻程私人古蹟——萬福茶行，慎重裝修近四個月以確保設施配備能維護古蹟和畫作。

悅雪在車上讀著沛然先前整理的資料，發現前田光不僅擁有日本華族血統，祖父更是日治時代最後一任的新竹州州長，祖母為新竹望族謝家長女謝涓，而謝家本身就是台灣光復後藝術教育的主要推手，是故前田家具絕對優勢，擁有大量日治、民國初期畫作。

進展覽場後，她雖然最初對這位誹聞製造機的天之驕子略感不屑，但也佩服其治理集團的能力，展場中一物一景細微處皆充分展現出日本職人追求極致完美的精神，嚴謹和華麗格局已超脫一般美術展，完全是一場高規格的藝文沙龍。

入口處著和服的招待人員鞠躬歡迎，大廳中身著復古洋服的鋼琴家正排練著樂曲，休息區除定時的講座外，還供應花瓣形狀的日式和果子和抹茶。若非擁有採訪證，估計下周正式開展後她可負擔不起入場費，更何況就算有意願也不一定能買到票，因為從公關口中得知，預購票早已全數售罄，而展覽又採參觀人口管制，僅能靠預約。

「你們嚐嚐，原料全由日本引進。」招待人員微笑地遞上兩碗抹茶。

皓鈞喝下後心滿意足讚嘆，「難得有這樣的展覽，貴集團的展覽果然如傳聞一樣優質。」

悅雪問：「嗯，不過我好奇，這麼高收費的展覽，來賓大概會是什麼樣層級的人呢？」

「據我們先前活動的統計資料，參訪者多為政商名流居多，當然也會邀請教育界人士參與。」

悅雪納悶地問：「不過這樣……藝術不就變成少數人的專利了嗎？」動輒數千的收費並非每個人都負擔得起。

公關愣住，但畢竟受過訓練，旋即像背課文般地說：「前田集團致力維護藝術的價值，而藝術就是高尚的品味和鑑賞能力，當然不是人人都能懂價值。另外，展覽最後一天將提列五幅畫作拍賣，讓更多人收藏，推廣藝術。」

悅雪察覺自己問題失禮，連連點頭帶過。

公關尷尬笑了笑，雖暗自為記者的坦率詢問感到不快，但仍盡責在午茶後領著他們參觀二樓的主力參展作品。

她邊走邊拿著錄音筆和筆記本謄寫，擬出大綱草稿，就待回雜誌社下筆，但礙於皓鈞拍攝作業未完成，於是悅雪沿著樓梯上樓晃蕩打發時間，重新鑑賞一幅幅繽紛色彩的畫作。

她深感戰後的日本藝術是個揉雜大量豐艷色彩的畫盤，像欲擺脫戰敗生活的苦悶，脫離舊有帝國的包袱，以藝術自省帝國主義的缺失；然而也只有在新舊世代替換間才能產出「日本的安迪沃荷」橫尾忠則（Tadanori Yokoo）、普普藝術先鋒田名網敬一（Keiichi Tanaami）、具體派大師吉原治良（Yoshihara），彷彿可見他們正奮力對著畫布揮灑高彩度的顏料。

公關未介紹三樓的畫作，因為三樓放的畫作並非此次參展的主力作品，雖然同樣反應出日本戰後時代的驟變，但未完成、不可考的作品本來就掀不起收藏家的注意，價格自然低廉；也因無名氣畫家的宣傳，連一般民眾都不見得感興趣。即便三樓擺設雅致，仍不免有冷清之感。

這是個徹底被潮流遺棄的空間。她憐憫望著一幅幅溫潤樸實的風土畫；貧瘠的田野、戰後殘骸、飢餓的人們，全是盛世下的殘破昔日，她惋惜著，畢竟哪一幅畫不是從畫家的心萃取出的情意呢？

當她走到展場最偏僻角落時，腦海像被炸彈擊中般，轟一聲後煞時全然空白。

元辰宮見到的女孩優雅地端坐於畫中，似等待，凝望著她。

畫家：佚名
畫名：雪地的月光
年代：一九三〇至一九六〇

她快步下樓，急急喚著公關問道：「不好意思，我想知道三樓角落有張穿旗袍女人的畫像，畫家佚名，你知道收藏者資料？來源？」

公關僅笑笑地說：「這超出我的範圍，我不清楚。這次展覽作品大多由日本方面策畫，我可以幫你問，但要一點時間。」

「大概多久？」她下意識地握拳。

公關疑惑地望著她，無法理解為什麼記者特別鍾情佚名畫家的作品。「我不太能給你確切時間，但如果涉及賣家隱私，可能會更久，而且部分畫作為前田家私人提供，必須等執行長的答覆。林記者，你還好嗎？你臉色不太好，有什麼急迫的事需要馬上幫忙嗎？」

「沒……」她咬著下唇，思索著與其透過層層關卡和手續，要不直接採訪執行長更快，便魯莽問道：「那麼前田執行長接受採訪嗎？」

「如果要訪問集團工作人員請依流程填寫申請書，話說，執行長很久沒接受採訪。」

「為什麼？」她問。

公關語重心長笑了笑，「因為他素來與媒體不合，特別是八卦雜誌……」

4

話雖如此，但因前田集團擁有《台灣藝界》多數股份，算相關企業，申請採訪不超過一周便批准通過。

當老賀收到執行長助理楊曉若電話和信件通知後，開心地合不攏嘴，將悅雪的工作暫時分派給他人，好讓她能無後顧之憂專訪前田執行長。

因闌尾炎住院的沛然雖欣羨不已，但也頻頻囑附採訪過程須萬般謹慎。

悅雪和皓鈞準時抵達五星飯店，一行人在曉若的安排下先至行政酒廊沙發區歇息，預計等全員到齊後再進酒廊的會議室。

果真是準時的日本人，距離訪問時刻一分不差他便現身。

外型如同雜誌網媒上的照片，身著簡單的黑色套頭毛衣和西裝外套，辨識度高得引起眾人側目。他雖一派從容，但因長腿讓他的步幅大，走起路來速率快得讓後面助理秘書們追著他跑。

悅雪上前，雙手恭敬地遞上名片，「您好，我是《台灣藝界》雜誌記者林悅雪，很榮幸您接受我的訪問。」

一秒……兩秒……她的手僵在空中。

「這個……他已經走進會議室了，悅雪。」身後的皓鈞尷尬地提醒著。

她傻眼，這執行長是沒聽見還是太狂妄？沒禮貌到極點。

曉若一臉尷尬，急忙招呼說：「林記者、黃記者這邊先請。」

悅雪按捺著性子走入會議室，前田光神色自若坐在主位上，其他工作人圍坐兩旁。

秘書收下名片轉交給執行長，沒想到他連拿都沒拿，只略覷一眼，並打量悅雪，「我還以為《台灣藝界》敢派實習記者訪問我，你有二十歲吧？」

雖然她常因為娃娃臉的外型被人誤認只是大學生，但面對這樣質疑還是感到冒犯。也不知向誰借膽，她斬釘截鐵地回說：「不要輕易用外貌評量一個人的能力。」

在場所有人都倒吸一口氣。

接著她拿出錄音筆問：「執行長我們可以開始了嗎？」她不是不怕，只是不想被看扁。

他意味盎然重新打量眼前女子，一張稚氣未除的臉上，脂粉未施，兩道柔和的眉下有雙銅鈴眼，小巧的鼻樑和嘴，看似無害天真的五官，眼神卻是如此直率，竟敢直接對視他，並當眾違逆他，他輕笑道：「喔？你們記者不是最愛捕風捉影？誇大？臆想？」

悅雪指了指手錶，絲毫不受他挑釁，「訪問二十分鐘，我也不想耽擱執行長寶貴的時間，我們立即開始吧。」

「請。」他不由得正視起眼前女子，為她的勇敢喝采，當然，如果她沒讓他失望，不是刻意引起他注意的伎倆。

「感謝前田集團為我們籌備如此精采的展覽，帶來大量台、日二戰後的優秀作品，想請問是在什麼樣的機緣下，構想出〈HOPE！日本戰後藝術展〉？」

「台灣和日本都是我的家鄉，我往來居住於兩地，深切感受到兩者歷史、情感、藝術上不可分割之處。撇開殖民地、政治立場，台灣美術受日本啟蒙多，觀察早期的作品都略帶東洋風，而石川欽一郎更在台灣美術史上扮演重要角色。我小時候在外婆家欣賞那些收藏品，發現早期台灣的藝術家在壓抑年代創造出富含島國生命力作品，我深切感動著，發誓有天定要讓人看到藝術家們的心血。機緣起於去年我接手前田集團，手邊有大量台日作品，對比後發現一九四五年是個分界點，之後兩地作品迥然不同，日本戰敗經濟蕭條，台灣新政府成立，影響畫家風格，我想展示就是最豐饒、變化多端的年代。」他雙眼炯炯有神，飽含熱情。

悅雪點頭，脫口而出，「既是如此，為什麼前田集團展覽都趨向於沙龍展示，高額收費呢？那樣如何將藝術分享給大眾？」

這樣問題實在突兀，全部人一臉不可思議看向悅雪，前田光反而鎮定回答：「藝術家是要吃飯的吧？叫好不叫座這種事無助於藝術發展，維護、復原作品經費林記者可能不清楚，但每一筆絕對比你想的多。所以唯有透過市場機制，將作品價值不斷推升，才能給畫家們更好的創作環境。這也是前田集團的使命，讓藝術與商業並存、進化。至於口口聲聲喊著好愛藝術，卻連門票錢都不願意花的群眾，不是集團標的，藝術不需要這群人。」

悅雪愕然，但仍堅持道：「台灣天才畫家陳植棋說過『以赤誠的藝術力量讓島上的人生活溫暖起來』。有能力的人、財團法人有責任向大眾散撥藝術的種子。」

「不錯不錯，林記者熱忱滿滿，也懂藝術，但你別忘了，陳植棋作為一個早逝的畫家，也曾在一九二八年時寫信給妻子，說他活得純粹正直，只怨恨金錢壓力，說自己過得真是悲慘的生活。藝術家的短短人生，滿腔熱忱與貧困生活，藝術啊，是要品味、要熱忱，否則只會被當一張無用的白紙。」

前田光對藝術了解程度讓她折服，但她始終無法全然認同，「那……商業化後，藝術變成昂貴的收費，家境不好的人不就無法成為藝術家。」

前田光不以為然地笑，「當你真心追求理想，會找到答案、方法，從困境脫穎而出，而不是期望全世界來配合你，別奢望天時、地利、人和，我們都得在現實和理想中取捨。」悅雪捕捉他眼眸中的一抹黯淡，雖然不懂天之驕子何以哀傷。

這不是一個順利訪談，兩人皆好勝，對話充斥著辯駁，散發濃厚火藥味，像打一場乒乓球，需要全神專注地猛對敵手殺球，否則將因輕忽而輸掉比賽。某些問題前田光以拒絕回答閃躲，某些答案又讓悅雪氣得失去理智，心裡大罵沙文豬。

二十分鐘訪談像機智問答，快結束時悅雪問道：「三樓有幅畫，不知道執行長有沒有印象，是個穿紫色旗袍的女子畫像。」

「怎麼了嗎？不過就是張名不經傳的畫作。」他知道那幅畫，雖是佚名畫家，但筆法精鍊讓他印象深刻。

「那張畫我對我意義重大，我想問畫的來源。」

「喔？」

悅雪停止錄音，臉色微紅，「說來你也許不信，前陣子參加靈修活動，對這畫有所感應。」

前田光噗哧一笑，身旁的工作人員也難掩尷尬神色，「不好意思，你繼續。」

她雖然也覺難為情，但仍直率地說：「我想知道畫的收藏者和來源。」

「那你等我消息吧。」前田光爽快回覆。

他從不信鬼神，對超自然力量嗤之以鼻，但說不上自己為什麼輕易答應她，也許是這女孩眼中的熱切勇敢，是他從未見過的，甚至羨慕的。

訪問結束後，悅雪和皓鈞離開行政酒廊，兩人在大廳電梯旁的長廊上閒聊。

「學姊，我剛真為你捏一把冷汗，你好直接，簡直跟執行長對槓上，殺氣騰騰，刀光劍影。」皓鈞回憶起剛才激烈的會談情形，瞬時又覺心跳加速，如果當下就被轟出來也不奇怪。

「我可能多少有點擇善固執，當下也沒想太多。」她心想自己還是太衝動。

「前田執行長有錢有勢，也許學姊喜歡那種人，我只是個平凡小攝影師……」皓鈞面露落寞神色。

悅雪想起先前拒絕皓鈞的片段，連忙安慰，「你在說什麼呢？那種花俏男人，到處拈花惹草，私生活亂七八糟，我怎麼可能喜歡他？你有你的好，穩重、踏實、可靠、貼心。」

「學姊真會安慰人。」皓鈞說。

他們邊走邊聊，沿著長廊離開飯店，未曾注意到剛身後電梯佇立著兩個人。

「執行長……」曉若嘟囔著，小心翼翼察看執行長神色，不知道如何處理眼下窘境。

採訪結束後，前田光一通電話，立馬下令迅速協尋〈雪地的月光〉畫作來源，不消十分鐘日方已將資料傳真到會議室，執行長還親自追下來要給林記者，結果可窘了，聽到背後閒話。

「我沒事，早習慣了，這個你收著吧，我們先回去公司。」前田光將牛皮紙袋遞給曉若，滿臉無所謂，不痛不癢。

誰叫自己聲名狼藉，只不過當她振振有詞說的那些話，還真以為她與眾不同，全是多心了。想著想著，突然燃起一種惡作劇興頭。

5

老賀樂陶陶地將本期雜誌封面洗成全開海報，貼在雜誌社大門外，整天步態飄飄然，像隻花蝴蝶飛梭在辦公室裡，口中喊著：「刷刷刷——」

他的歡喜情有可原，專訪前田光的雜誌甫一發行，如同牡丹盛開，就算不熱衷藝文的族群，也紛紛如蝴蝶般至書店購買，實體書商嚴重缺貨，網路書商也盡數售罄，當期雜誌爆量，一刷、二刷、絕版，儼然是前田粉絲收藏品。

封面前田光熱切專注的神情，再配上悅雪精湛的訪談內容，將前田光塑造成藝術維護者，一改過去紈絝子弟形象；讓人們意識到，他並不是單純富二代，只是昔日腥羶新聞掩蓋住專業光芒。

「你真是他的知己，你八成也成為光光的鐵粉了吧！」出院的沛然自己也買了三本，其中一本翻到封面幾乎快脫頁。

悅雪偷覷皓鈞一眼，「什麼光光？叫這麼噁心，我只是發揮職業道德，把自負改成自信、剛愎自用改成擇善固執。你的書是發生什麼事？快被分屍了。」

「口是心非。沒關係，沒關係，皓鈞也把光光拍得很帥呢。這雜誌比止痛藥還靈，每次手術傷口一痛我就翻一次，就不痛了，感恩啊，這麼優異的訪問，以後看不到怎麼辦？我的精神食糧。」沛然一臉喜孜孜，滿眼愛心，典型的迷妹。

悅雪苦笑道：「你開心就好。記得幫我問你姑姑咖啡廳的鐘點費可不可以打個折，我這邊時間人數都敲定，等地點而已。」雅筑生技受害者自救會預計在兩星期後舉辦，原本受害者家屬經濟狀況就不充裕，悅雪打算自費租場地。

「你啊，別人的事都好熱心。」沛然說。

「悅雪！福星啊！」忽然老賀歡呼聲打斷了兩人對話。

悅雪看著老賀超乎平常的興高采烈的眉眼，全身起雞皮疙瘩，問道：「怎麼了？總監。」

老賀手持禮盒和卡片邀請函。「你看，前田集團特別發採訪通知，指名邀請你參加拍賣會，還有禮盒、邀請函，快，好好寫，繼續刷刷刷！」他激動不能自己，想到又有可能再次破雜誌社歷年印刷紀錄，笑到嘴角快裂到耳下。

「咦？」悅雪滿懷困惑，著手開始拆除包裝，同事們則好奇圍觀。

拆開包裝後同事們異口同聲驚呼著，包裝下是印著山茶花LOGO的黑色禮盒，裡頭是件精品雪紡洋裝和卡片。

卡片上頭寫著：

誠摯邀請你參加拍賣會，花俏，到處拈花惹草，私生活亂七八糟的我已貼心備妥一切。

Hikaru

第四章　收藏者

1

日本戰後藝術作品拍賣會同樣舉辦於大稻埕萬福茶行，當天限定前田收藏家會員資格才可入場，且不對外開放，連記者也不在受邀之列。

悅雪苦惱地看著鏡中的自己，禮盒中那件V領短袖黑色長雪紡洋裝任何人穿都很好看；V領高腰線突顯出美好的體態，黑色兼具修身功能，山茶花Logo別針貼在右側衣襟上高雅迷人，偏偏套在她身上極不適合，鏡中的她就像是張修圖失敗的網拍照，娃娃臉硬被拼接在貴氣名媛的身軀上，極為突兀。

一想到舅舅正歡樂無限期待獨家報導成果，她只能硬著頭皮上陣，雪上加霜的是空有高貴的洋裝，卻沒有合宜搭配的鞋包，臨時跟沛然借的黑色鏤空細帶高跟鞋，因尺寸不合讓她不良於行，走路略一拐一拐。

入場後她反而慶幸最少還有前田光替她準備的洋裝，因為周身的賓客全盛裝出席，點綴在頸、耳和手腕上的鑽飾如星辰閃爍，比展場穹頂的水晶燈還醒目。

招待人員領著她進入大廳，原本展覽時中央擺放的柚木桌椅已全被清空，替換為歐式精品沙發，每張沙發前配置大理石茶几，茶几上已準備好登錄完畢的拍賣會號碼板，展覽畫作早已被撤離，大廳兩旁設置五星飯店餐檯，廚師、調酒師、侍者們摩拳擦掌待命中。

越往前走，穿過重重沙發，越覺不妙，她發現自己被安排在第一排——前田光的座位旁，而當事人正以饒富興味眼神望向她。

「林記者，怎麼幾天不見，你的腿瘸了？」可惡至極的戲謔。

「哪的話，一切安好，全托執行長你的福。」她僵著笑臉回答，趕緊坐下。

「呵呵，怎麼說呢？我可是發心做個穩重、踏實、可靠、貼心的男人呢。」俊眸滿溢笑意。

悅雪心頭一驚，一字不差，果然是個會記恨的傢伙，只不過隨口說說記得這般牢。

前田光招呼來侍者，「Biserno，二〇一五。」待侍者端來兩杯酒杯，前田光遞給她一杯，「待會有精彩好看的。」

「執行長指的是？」

他瞇起像狐狸一樣諂媚的眼，「呵呵，我說今晚的大稻埕煙火秀，我好期待。」那樣的訕笑令人頭皮發麻。

悅雪輕撫過手臂上竄起的細微疙瘩，先小口啜飲紅石榴色澤的紅酒壓壓驚。

很快的，身著白色禮服的拍賣官上台，她喊道：「各位親愛貴賓您們好，我是米雪兒張，首先代表前田集團感謝各位收藏家多年的支持。今年的拍賣活動即將開始，我先重申拍賣規則，此次拍賣商品採英式拍賣法，價高者得，皆無設底標……」拍賣官介紹後，翻譯人員改以日、英語接續介紹。

悅雪開始感到不安，前田執行長為何指名自己參加拍賣會，還特意發採訪通知和邀請函到雜誌社，促成非來不可局面。看著旁邊這隻狐狸笑得如此愉悅，好像在等看好戲，她更加緊張。

第一件拍賣品為白髮一雄〈十萬八千本護摩行〉，一亮相便引發在場人士譁然，迅速炒熱競標氣氛，雖無設底標，但每一件藝品喊價就高達七位數，再加上除現場競標外也接受電話委託。最後〈十萬八千本護摩行〉以八千四百二十六萬台幣結標，刷新白髮一雄個人作品市場記錄。

緊接著第二件田中敦子的〈93C〉以兩千兩百萬、第三件白髮一雄〈T53〉以四千兩百二十萬結標、第四件、第五件……

她環顧四周人人竊竊私語，眼神閃爍心機喊價，為奪標失敗懊惱；拍賣官揮舞的小金槌、此起彼落舉牌、堆疊上升的數字，全讓她看得眼花撩亂，手心發汗，感覺腎上腺急速分泌。

「弄懂遊戲規則了嗎？」前田光燦笑。

那是張帥氣的臉，但略帶邪氣，她小聲說：「我的財力不足以支付這樣活動。」

前田光意味深長看著她，微笑不語，舉起酒杯向她致敬。

台上拍賣官喊道：「下一件是特別追加的逸品，只限現場賓客競標，這件逸品就是——〈雪地的月光〉。作者不詳，但從畫中狩野派技法和人物穿著，推估年代落在一九三〇至一九六〇的台灣。」

紅色的布簾一拉，夢中的女人重見天日。

她轉頭，惱怒道：「你明明知道……」

前田光一臉莫可奈何說：「我知道，但可惜，本集團慣例拍賣會本就會追加一幅特別逸品。藝術，本就是高尚的品味。」

「兩百三十萬，一聲。」拍賣官喊道。

前田光一副看熱鬧，在她耳邊輕聲說：「你要知道兩百多萬對前田收藏家只是零頭，價格轉眼就會飆上去，刺激吧。集團產業中，我是最喜歡拍賣會，只有找到好作品，根本不用多大功夫，競標激昂的氣氛容易讓賣家失手，標出高於預估價格。」

悅雪悻悻然，「你是故意的吧！有那麼多幅畫作，何必挑這幅。」

「但是我喜歡看人慌張。」他說。他欣賞起她的臉，覺得有幾分像小孩賭氣般的可愛。

「兩百六十萬。」再次有人舉牌。

情況危急，悅雪接著說：「你可以不用賣這幅畫吧！」

前田光：「你不是說藝術是要分享，是大家的，那誰擁有不都一樣。你猜猜〈雪地的月光〉值多少？你不好奇嗎？我們讓市場決定價值。」

舉牌不斷，「三百六十萬。」重申。

「前田執行長，你是不是怪我那天口無遮攔，我是有口無心，對不起。藝術屬於大家的，但我現在就要那幅畫。」隨著頻頻舉牌，悅雪心急地幾乎失控，緊抓前田光的外套一角。

「喔？」前田光挑著眉。

「拜託你不要賣掉。」她快放棄了。

「四百二十萬，兩聲。」拍賣官續喊道。

「我求你了。」她抓著前田光衣角，低頭拜託。羞辱、乞求、不滿的情緒交雜著，大概把過往二十五年的臉皮都用盡，深怕拍賣成功，畫將隨著賣主遠去，而謎底便永遠無解之日。

前田光輕笑，俐落將自己的號碼牌放進悅雪手中，握著她的手上舉，「四百五十萬。」

拍賣官、眾人目光、聚光燈全集中在前田光與悅雪身上，現場鴉雀無聲。

他咳了一聲，滿懷自信說：「大家別會錯意，我不是出爾反爾，我只是買下這幅畫送給林悅雪小姐。」

此番發言後，這種佚名畫作本來就無非買不可的理由，且君子有成人之美，便再也無人有意競標，紛紛鼓掌和投以羨慕眼光。

悅雪臉一陣紅一陣白，氣憤也不是，感謝也不是，只能小聲地對他說：「謝謝。」內心埋怨自己是招惹了什麼幼稚鬼。

「你說什麼？太小聲。」他笑問。

她臉僵了僵，提高音量說：「謝謝。」

「不客氣。」前田光對她一笑，似有幾分詭計得逞的得意，接著他上台為今晚拍賣會結束致詞。

她看著台上侃侃而談的挺拔男子，試著緩緩調勻呼吸節奏，前田光手心的餘熱還停留在手背上。

她摸不透這個男人，處處針鋒相對，但又有極貼心之處，為她買下畫作，任她要帶走或代放在前田畫廊保存都沒有意見，亦答應協尋畫作來源，彷彿今日發生的一切不快只是他隨興一筆的惡作劇，並無真正惡意。

她環顧四週，酒酣耳熱，美酒佳餚，衣著華貴的人群，他們真的懂藝術嗎？還是只因擁有財勢而附庸風雅罷了，但至少他們的財力確保藝術作品得到良好的保存傳遞。

唉，藝術，果真需要結合商業。她感嘆著，或許如前田光所言幾分不假。

「謝謝今晚共襄盛舉，前田光在此代表前田集團感謝各位。」最後，同日本商業傳統文化，他謙卑對著觀眾深深鞠躬感謝，賓客們回以熱烈掌聲。

眼看拍賣會即將完美收尾，然而一陣尖銳響鈴響起。

「請注意，火災，火災，發生火災，請盡速往緊急出口避難逃生……」

賓客們頓時驚慌，前田光立時鎮靜安撫，「大家請勿害怕，我們立刻派人察看處理，各位競標的畫作適才競標結束後已全數運回前田畫廊妥善保存，現在請跟隨招待人員指示離去。」

作為一個領導者，異常狀況發生時須率先表現鎮定，穩定群眾情緒，故前田光甚至刻意放慢速率優雅的下階梯。

「哪裡失火？」他低聲問。

「執行長，警報顯示火源在三樓，畫作在昨日早全數撤離，除了那幅佚名畫作。」維安主管回報。

「〈雪地的月光〉？」前田光愕然，轉頭回望座位，早已不見悅雪蹤影，只剩沙發前兩隻孤伶伶的黑色高跟鞋。

「林悅雪！」他大喊。

她摀著口鼻衝向三樓，倒不是真不怕死，心裡多少帶有僥倖心態；若火勢不大，她就趕緊搶下畫作，且她還記得滅火器擺放在門口，若只是小小的火災甚至還可以搶先滅火。

故即便三樓入口處濃煙密布，能見度不及一公尺，她仍拾級而上，終於開始忍不住嗆咳著。

每一張畫作，不論價錢高低，都是透過畫家的藝術之心投射出的感觸，包含著對世界的愛和遺憾，而〈雪地的月光〉對她彷彿有種莫名的魔力，無法眼睜睜毀於祝融之下。

「林悅雪你瘋了！」她好像聽見前田光在樓下暴跳如雷叫喊著，但她卻搖搖晃晃地走入黑霧中，置若罔聞。

2

又夢見她了，不再是小女孩模樣，她逐步成長為畫中人的絕美容顏。

玳瑁、琥珀、翡翠、石榴，寶石的絢爛光澤，在珠寶盒內閃爍著。不說那冒著白煙，小小凸凸的白米山和桌上置滿香蕉蘋果芭樂的托盤，如今四季都量訂新衫，案牘上全是書香墨寶，懷抱著高價的上海紫檀木琵琶，滿姨給的遠超過她的想像。

滿姨也沒料到當初買下的乾瘦女孩如今艷冠大稻埕吧。

被買下的那天起，為了搏取滿姨的歡心，也為了搏出頭，她任那六公斤重的琵琶在腿上壓出數道瘀痕，蔥白的左手指尖水泡因按弦沁出一次次鮮血，日夜勤奮與先生吟詩填詞、吊嗓練唱，最終琵琶、三弦、揚琴無一不精，而琴曲書詩更無一不通，十五歲通過檢番，得到鑑札，大豎艷幟，艷名大噪。
滿姨和樂師們全對她贊不絕口，一旦成為頭牌後，滿姨開心引退，她一人扛起藝旦間所有支出，紅磚瓦房中最精緻美好的房間自然成為她的臥房，包含木雕寶箱、瓷器、水墨畫、老爺鐘，檀木穿衣鏡，紫色綢緞的窗簾也全是她的了。
可是今天怎心驚膽戰起來，或許是樓下滿姨的叫罵聲讓她無法專心吧！
「賠錢貨！我對你這麼好，給你吃，供你穿，你這樣回報我！」滿姨尖聲罵道，夾帶木板拍打肉體聲響。
「好個頭！你只是靠我們賺皮肉錢！不要臉！」女聲不甘示弱地回罵著。
滿姨喊著：「好，有種，打！給我用力打！打死草蓆綑一綑丟路邊去！」
一聲聲拍打聲不絕於耳，回罵聲亦也不竭。
伺候她的女僕香蓮驚得身體一顫一顫，哆嗦說著：「月桃姊不回嘴就沒事，一回嘴滿姨下手越狠。」
她閉目凝神練習著〈十面埋伏〉，纖細玉手在琵琶品相上飛舞著，強迫自己凝聚注意力，卻止不住越彈越快，急促地全脫了拍。
啪一聲，弦斷，指尖傳來微微刺痛。
香蓮趕緊向前，捧著她的手細看，「小姐，還好嗎？有沒有受傷？」

「不礙事。」她苦笑，她的心煩意亂全騙不了自己，索性放下琵琶。

月桃姊姊早她來藝旦間三年，早她能詩能畫，而她起步較晚，初到時連自己名字都寫不出，頭幾年姊妹相處融洽，等到她能力逐步跟上，獨佔二樓後兩人才日漸生疏，也就從那時起月桃開始違逆滿姨，甚至在上周出局回程途中偷跑。

滿姨原先將月桃關在頂樓，想說餓個幾天性子會改改，沒想到更加憤恨，氣得滿姨從午後就不停歇打罵。

她思及年幼的姊妹情，蹙眉嘆息，起身下樓。

香蓮拉住她的手腕，勸道：「別去淌渾水，滿姨氣頭上，到時掃到颱風尾。」

她安撫性地拍了拍香蓮的手，斟過一碗茶後緩步下樓。

滿姨氣極敗壞滿臉通紅，死命踹著月桃，「你再說啊，心比天高，命比紙薄，賤命一條，貨腰娘想愛情？你當真人家要你？人家家裡准許嗎？」

「你自己要老死在這裡，不要拖我下水，你自己不行，就不許別人行嗎？」月桃披頭散髮，全身傷痕累累趴在地上，裂眥嚼齒地咆哮著。

「你……你……今天非打死你不可。」滿姨眼冒兩團烈火，化身好戰阿修羅，再度拾起木板。

正要痛下毒手，一隻戴著晶瑩翡翠綠鐲子的手拉住了她。

「滿姨，別氣了，氣壞了身子不好，先坐下喝杯茶吧。」她笑盈盈地遞上一碗熱茶。

「還是你懂事，你看她多癡心妄想，跟著男人跑。男人啊，我們見得還不夠多嗎？不就是那樣，愛情？我呸！你想多了活受罪！」滿姨斥責，趁機教育他人，痛打月桃多少也有殺雞儆猴意思。

「我看你打到手都痠了，我幫你捶捶。」她柔順地幫滿姨捶背，並對門口臉皮乾癟的男子使了使臉色，男子會意後一把攫起月桃拖往三樓閣樓。

滿姨先是對她的乖巧感到心滿意足，而後像想到什麼一樣又正色對她說：「你要記得，下層人一旦對人生起奢念，起心動念時，便容易會墜入佛家說『怨憎會、愛別離、求不得』，而無怨無求，日子會好過的多。」

她恭順點頭，幼年四處被轉賣的際遇早就教會她這一點，哪還需要滿姨提點呢？她早自知此生只能順著命運的巨流沖刷而下，跌落底層，化作泥濘。

下層人啊……我只是個披著綾羅綢緞的下層人啊……她在心裡一次一次地對自己說。

3

台北市某醫學中心的特等病房內。

「執行長，你看她還好嗎？」老賀憂心忡忡地看著病床上深陷夢囈的女子，她喃喃自語，時而哭，時而笑，表情千變萬化。

火災當日，悅雪並未踏進三樓展覽場內，她早在樓梯間就被濃煙嗆傷，仰頭向後一倒，跌落樓梯。

老賀淚眼汪汪說：「你看她一會皺眉，一會嘆氣，一會笑，亂喊一堆東西，是不是腦子壞了？」

前田光向前一步，跟著認真打量她千變萬化的神情，「這很難說，李醫師說雖然她第一時間就接受高壓氧治療，但真要等清醒了才知道有沒有留下一氧化碳中毒的後遺症。」

老賀聞言後壓力頓時潰堤，淚花四濺，一把眼淚一把鼻涕，「舅舅對不起你，我再也沒臉見你媽媽啊！我就是利慾薰心叫你參加什麼拍賣會，你怎這麼傻，堅持跑到三樓，還這麼年輕，如果變成傻子……」

前田光安慰道：「前田集團會盡力補償所有損失。」

老賀聲淚俱下，宏亮的哭聲直達病房走廊，引起護理師、病患們一陣騷動。而這巨大的哭聲也發揮戲劇性的作用，悅雪悠悠轉醒。

她本想細思剛才的夢境，整頓出脈絡，但前田光和老賀製造的噪音吵雜讓她無法思考，索性捂著頭忍著劇烈頭痛坐起，對著病床旁亂成一團的兩個人問道：「我怎麼了嗎？」

兩人中斷對話快步向前。

前田光端詳著她並問道：「你醒了。有沒有哪裡不舒服？」

老賀指向自己問：「你還記得我是誰嗎？」

「我沒事，就頭很痛，舅舅你別逗了，還有誰聲音像你一樣大聲。」她一一回覆問題，並急聲問：「那畫呢？有沒有事？」

想到她不顧性命，前田光略微怒道：「還畫？畫有比性命重要嗎？你真被那幅畫迷得鬼迷心竅，都知不知道有多危險。火勢不大，但你被濃煙嗆暈昏倒在樓梯間，我趕緊將你拉了下來，隨後消防隊趕到。展覽畫作的擺放、防火設備、花灑頭本身都經過計算，倒沒受到什麼影響。你是唯一的傷患。」

她臉一紅，既慚愧又羞赧，當時情急太衝動行事，沒想到最後是前田光救了她，「謝謝，不好意思給你添麻煩。」

見她客氣友好反而不習慣，前田光別過臉說：「其實這沒什麼，畢竟是在前田集團活動中發生，我本來應該就要負責。不過，你下次別這麼衝動。」

老賀破涕為笑：「看你沒事真太好了，我一想到你變成傻子就……就……總之是好消息，我也放下心了，我先回雜誌社，沛然跟皓鈞下班後會過來，你先好好靜養。」

「舅舅，真的謝謝您。」

舅舅離去後，前田光又露出孩子般淘氣的神情問：「你很會說夢話吧？剛一直喊著白米飯、饅頭、芭樂，還是肚子很餓？」

見他又調侃起她，她回道：「你問這麼多幹嘛，這可都是我重要的線索，說了你也不信不是嗎？」

「你說的是關於詛咒之畫的線索吧，我查過，這幅畫是從大稻埕的醫生那收購來的，等你出院我帶你過去。」

「你要幫我？」

「咳咳，看你對藝術作品如此癡迷的份上，再加上我平常為人本來就很不錯。」實話是他對她有極大的好奇心，當然傲嬌的他是不會說的。

「好吧！那我跟你說，我昏迷的時候又作夢了，那名女人是個藝旦。」她露出幾許恍惚神情，並對前田光說起觀元辰宮的經歷。

「喔？這是新電影情節嗎？」他強忍笑意。

「你還是不相信。」她略為惱怒，怎麼說了那麼多還是不信，難不成自己會瞎掰這可笑的故事？

「喔喔，你說是就是。不過，撇開島國農業產物，以我個人觀點，你有沒有覺得這像是一種詛咒？招來自殺、火災？連上一個畫的收藏者也是因為經濟狀況出問題才變賣。」

她定定地望著他，「我不會這樣想，對我來說世上沒有真正的厄運，所有的厄運都是人為的。沒有貪念怎會輕易落入直銷話術？你回頭調查失火的原因也絕非無中生有，八成是老舊古蹟中電路本身就不穩定，經濟狀況起伏也跟個人消費習慣、產業趨勢相關，所以我不會說那是一張詛咒之畫，我未曾感受過惡意的存在。」

就是那雙熱切、據理力爭的眼眸，才吸引自己為她做那麼多吧，前田光心想。儘管感動，但他仍不忘嘴壞，他鼓起掌來，「好！優秀，除了芭樂饅頭白飯那段，你編故事的能力也不錯。」

悅雪白了他一眼，來不及回嘴有人敲了敲病房門，曉若正提著餐盒走進。

「林記者，你醒了，真是太好。」曉若貼心調整床旁桌高度，放上餐盒後挪往悅雪方向，並遞上竹箸，她殷勤說道：「剛執行長交代我，找新瀉魚沼越光米為食材的飯盒，我問了幾間飯店，才找到這間懷石餐廳呢，你嚐嚐。」

前田光在旁滿意的點點頭說：「看你連昏迷都白米飯、白米飯喊不停，一定很想吃飯，這可是日本第一米。」

豪華九宮格造型的日本餐盒，每一方格的菜餚皆精心雕刻，像極一盒珠寶盒，令人捨不得動箸。

門外又傳來倉促的腳步聲，皓鈞也提著一盒飯盒進門，「學姊，賀總監一說你醒了，我想到你一定肚子餓，跑去買你最愛的那間自助餐，有蒸蛋、宮保雞丁、鮭魚……」皓鈞見桌上精緻飯盒笑容漸失，原來早有人早他一步，對比之下，自己帶的自助餐寒磣多了，簡直難登大雅之堂。

見他一臉受傷神情，悅雪罪惡感加重，趕緊說：「山珍海味哪有家鄉味好吃，快拿來，快拿來。」

前田光看著悅雪那熱切模樣，說不出為什麼有幾分的不是滋味，以睥睨神色掃射過自助餐盒，說道：「唉，這樣曉若可是會傷心，特意問了幾間店家，居然比不上自助餐。」

悅雪又趕緊改口道：「都吃都吃。」

前田光狡黠笑了笑，像發現獵物的弱點一樣，她容易心軟。

皓鈞則頓了頓，轉身打量身後坐在沙發上的前田光，他仍帶有初見時的一身傲氣，但比先前多了份敵意。

皓鈞大膽迎上那眼光，問道：「不知道執行長待在這裡做什麼？」

「林記者是在前田集團的展覽活動受傷，我自是要關切照顧，反倒是你，現在上班時間出現在這，在我們日本文化中，這種工作態度，嘖嘖……」

一向溫文儒雅的皓鈞反常正面回擊道：「有勞執行長關心，我跟悅雪是雜誌社多年的『好朋友』，類似你們日本文化的『友達以上，戀人未滿』，再說我可是請了特休過來。」

基於感受到前田光帶給他的侵略性，他繼續說著：「我倒想提醒執行長，花邊新聞那麼多，跑來這不怕狗仔跟？打擾到悅雪養病可不好。」

前田光仍維持笑容，眼裡卻開始散發火光，對曉若問道：「曉若，《台灣藝界》我們目前擁有多少股份？」淘氣的大男孩又轉為商場上的狐狸，語帶威脅。

眼前兩人的戰爭來得莫名其妙，引起她又一陣頭疼，便大喊道：「你們兩個別吵了，我可以好好吃頓飯嗎？再吵兩個人都出去。曉若，你要不要拿雙筷子跟我一起吃。」

滿桌的中、日菜餚，配上台梗九號和越光米香氣，讓這頓飯悅雪和曉若吃的津津有味，對比她們開懷熱絡氣氛，沙發上兩名男子各坐一方，在沉默中互相打量對方，籠罩在令人窒息的氛圍中。

4

「很擠！你不要一直擠過來，這沙發椅本來就是兩人座，你們其中一個坐過去對面。」悅雪挪挪胳膊，將前田光和皓鈞向旁一推，試圖再挪出更多空間。

她真心覺得這兩個男人間的爭吵莫名其妙，明明誰都沒有得罪過誰，卻互不喜歡對方。一聽見對方要出現，便跟屁蟲上身般，現在連在咖啡廳，四人座共兩張沙發椅的座位，誰也不想落單，死命跟她擠在同一張沙發上，引起其他客人側目。

「我本來就答應帶『你』過來找王醫師，也不知道是誰厚臉皮跟來，該坐到對面去的絕對不是我。」前田光義正辭嚴說道。

皓鈞反駁，「我是為了保護學姊，有聲名狼藉的人在我無法放心。而且啊，是誰大白天打扮的跟作賊一樣，只差個安全帽就可以搶銀行。」他瞥向戴著墨鏡口罩的前田光。

「你們小聲一點，別人在看我們了。別再擠過來。不然這樣，你們坐一起，我到對面去。」夾在兩人中間的悅雪起身，隨即又被左右側的兩人拉下。

「不！我才不要跟那怪人坐一起。」皓鈞說。

「我更不想跟你坐一起。」前田光不甘示弱。

「你們兩個，誰要是……」

她正想發出抗議之聲時，服務生引領一位面色紅潤的老者進入，立即吸引他們的注意力。

「你是林記者吧？我是王醫師。」老人精神矍鑠，顯然養身有道。

悅雪起身，遞出名片，鄭重介紹道：「我是跟你聯絡的林悅雪，我旁邊是攝影記者黃皓鈞，這位是……我表哥，待業中。」她不想讓王醫師感受壓力，故意胡謅了一個謊，全然不管身旁的男子發出細微的咕噥聲。

前田光墨鏡後的眼睛冒著兩團怒火。堂堂執行長什麼表哥待業中，隨便瞎掰也好勝過這身份，自己怎樣也不該跟待業表哥扯上關係。

「喔，這樣啊。」王醫師憐憫地看一眼墨鏡男子，怪不得看起來有點兇，生活不如意的人本來就容易生氣，他理解。

四人點了飲料後，悅雪開始進入主題。她問道：「如我在電話所說，關於〈雪地的月光〉這幅畫有許多不確定因素，我們想進一步了解背景，請問當初您怎麼得到這幅畫呢？」

王醫師呵呵笑了兩聲回答：「這是我父親留下來，他是台灣早期的耳鼻喉科醫師，也是名藝術收藏家呢，而後因為一些原因內人把畫賣了，流竄幾個拍賣場，直到接到你的通知我才知道他成為前田集團的收藏品。」

前田光察覺老人陳述跟資料蒐集結果不同，且目光閃爍，似乎有避重就輕之嫌，他直接了當地說：「簡單的說，是小王因為投資失利，外加需要負責的風流韻事太多，只好變賣老王的收藏品吧！」

悅雪偷踢前田光一腳，趕緊滅火道：「王醫師不要見怪，我表哥他口無遮攔，他的意思是說，關於這幅畫，你從老王……不是，是從你父親那邊得到什麼資訊呢？」

王醫師臉上赤紅，「這也是沒辦法的事，健保後醫師收入變少，有那麼多人要養，我當然得投資，誰知道手氣這麼差……家裡擺這些畫也不知道要做什麼，每年還得花一筆維修費……」

「王醫師！我是問，你知道畫裡面的人是誰嗎？還是畫師名字？」她打斷他的自白。

「畫裡的人，我自然知道，我還親眼見過她呢，」王醫師談及美人，心神一振，心生嚮往，兩坨紅霞高掛在頰邊，周身洋溢著粉紅色泡泡。

「她啊，跟瓷器一樣無瑕的肌膚，眼睛跟水一樣，能彈能唱，可惜啊！」

「怎麼了嗎？」

「要從日治時代說起。我童年住在大稻埕，當時大稻埕可謂台北的商業重心。有句俗語說『未看見藝旦，免講大稻埕』，畫中人正是當時風靡大稻埕的藝旦——月檀，才貌兼修。唉，你們一定沒看過這樣的女人，像蒲公英一樣，好像風一吹便散了，那樣的我見猶憐氣質。當時多少名人雅士爭相求見，紳士名流趨之若鶩，四大酒樓江山樓、蓬萊閣、東薈芳、春風樓宴請不絕。」他眼裡無限懷念大稻埕盛世，感嘆，「不過你們知道，不論如何矜貴、知書達禮的藝旦，在保守的東方文化限制下，下場往往不怎好。」

「何以見得？謝介石的妻子王香禪，蔣渭水的側室陳甜，不也是藝旦出身？」她問。

「人間又有幾個謝介石、蔣渭水，那些還是運氣好的，讓達官顯貴贖身做偏房，一般年華老去的藝旦通常買個養女，將養女栽培成藝旦，以後靠她們養自己，再慘，就只能成為私娼。」王醫師娓娓道出藝旦的悲苦生涯。

服務生送上咖啡後，王醫師喝口咖啡繼續說：「而月檀啊，更慘，她愛上不該愛的人，一名窮畫師，既沒錢幫她贖身，又是日本人，日治時代結束後，日本人人人喊打啊。」

她神情恍惚，雖然早如她所料，但內心那股莫可奈何的悲涼被喚醒，她想起了在夢裡，在繁華三千大稻埕裡，曾有一個人緊緊握住她的手，緩緩許諾著，若有來生……

王醫師問：「林小姐？你還好嗎？」

悅雪擦去眼角淚水，「沒什麼，我可能想到一些事。」

皓鈞問：「這種愛而不得的感情，為什麼不一開始就中斷，省去別離痛楚。」

王醫師拍胸脯，「你還太年輕，不知道人生中有太多的不得已，這種事問我就對了。」想當初年輕時他可是同學中的愛情軍師，現在開導開導年輕人正好。

「你沒聽過《牡丹亭》中的『情不知所起，一往情深』嗎？感情萌芽時是株微小看不見的火苗，你不知何時心動，她的一句話、一個眼神卻時常徘徊在你心底；等你發現時，火苗早蔓延成漫天大火，更成了生命的一種羈絆。像月檀，我想她初見畫師時也預料不到兩人未來的命運吧！話說就算當時全大稻埕都同情他們，卻沒人敢牴觸命運。」王醫師講解道。

王醫師越說越起勁，懷念起童年的大稻埕。

繁花似錦大稻埕，香脂艷粉吹不盡……

第五章　蒲公英般的人生

即使再大的苦難，再大的難題，再多的失望，只要你心中存有一個你想守護的人，你一定要勇敢，學著在困境中找到希望。

1

一九四三年。江山樓。

五層樓高富麗堂皇的洋式大樓，招牌以中、英、日文書寫，顯現巍峨氣派，當時只有總督府、博物館可與之媲美，來往政商名流絡繹不絕，聲名遠揚，名廚料理更傲視全台。

五樓雅致的空中花園內，花石假山間佈置一張圓桌，五位男士和三名妖嬈打扮摩登女子相間而座，而服務生和曲師隨侍在側。

「來了沒啊？這麼久。」身著深藍紋付羽織袴的總督府事務官佐藤不滿地搧著繪有風景圖的摺扇。

「對不住。月檀姑娘還在上一個局。」一旁西裝筆挺的江山樓經理立馬不停鞠躬哈腰道歉，隨即大力拍打身旁服務生的頭說：「快去催啊！」

服務生心裡不滿地咕噥著，上一個局不也是達官貴人，是要得罪誰。

好在他轉身便看見一群人簇擁著一名身著淺黃色綢緞旗袍女子，遠遠看來真有點眾星拱月味道。

「月檀姑娘來了。」救星來了，得罪日本官可麻煩。服務生先舒了口氣。

多麼別緻的女孩啊，像個精細易碎的白瓷般。這是古谷初見月檀的印象。

月檀不疾不徐走來，態度不卑不亢。

原本坐在事務官身旁的藝旦自動起身讓座，她便一派從容地坐下。

佐藤驚見美人，剛一肚的惱火立馬消散成煙霧，再見到她如花開般的笑顏，他更覺飄飄然。

簡短寒暄後，佐藤引見末座的一名戴金絲框眼鏡的男子，「這是我跟你說過的古谷桑，日本畫師，現在是台北師範學校圖畫科教師，正準備府展，你來擔任模特兒，我就不信不得名。」佐藤豪邁拍桌，志在必得，在場人無不跟著舉杯喝采。

淨白高瘦的古谷起身點頭致意，白面微紅，或許是因面前女子的明媚花容，他甚至有點不敢與她對視。

其實醉心藝術的他不善與人交際，更別談出沒風月場所，對於這次府展，佐藤作為殖民政府官員的優越感，囑咐他須全力以赴，要與台灣本土畫家在府展上一別苗頭，但他並不熱衷這樣競賽，在他心中，藝術最大的價值是美的傳承，所以原想隨意推辭，但見過女子的容貌和那淡薄不存於人間的神韻後，他心中淨白的畫紙上，已勾勒出一片水光瀲灩，遂讓他改變了主意。

月檀僅盈盈一笑不多言，自知僅是一名歡場女子，又是政要事務官所託，她沒有推辭的權利，便點頭同意。

然而那一笑又讓古谷臉泛潮紅。

月檀看著遂忍俊不住噗哧一笑。好一個單純男子啊，跟白開水似的，一眼就讓人看到底了呢……

身旁老王醫師趕緊拉他坐下，輕聲在他耳邊，略帶戲謔的好意規勸道：「別看傻了，臉紅到耳根子去了。不過，你最多只能看，不能吃啊！」說完拍了拍他肩膀，又呵呵笑起來。

「你在說什麼啊。」他趕緊否認，將桌上茶杯就口，擋住面頰。

酒過三巡，眾人如癡如醉，酒酣耳熱之際，月檀看著眼前熱鬧喧囂場景，內心升起些微孤寂感，故起身緩步至曲師旁，接手過一把琴頭雕刻著牡丹花的紅檀木琵琶。

只見她低頭凝神，先是大拇指撥挑絲弦，再四指依序彈弦，反覆而速度極快，錚錚錚的弦音清脆悠然流轉於園林間，酒客們肅然靜聲。接著她娓娓唱出著名的小曲《女告狀》，泣訴煙花女子的淒婉人生，在座藝旦們無不心有戚戚焉，眼圈一紅，因這首曲正是她們的人生寫照。

雖然尚未精通中文的古谷不能理解詞曲中無奈和悲鳴，但月檀聲線綿長而輕軟，如流水般將古谷載回幼年的柳川，回憶裡有母親、弟弟，和煦春光裡，船夫撐起一葉的輕舟，在狹仄水淺的水道裡緩緩順行，波光粼粼，拂面的空氣裡夾帶青藻的香氣。

曲罷，古谷心中泛起不知為何的感動，甚至忘了鼓掌，他著實驚訝於台灣藝旦和音律曲調裡的溫柔，完全不同於日本藝妓，日本藝妓表演多用撥子彈奏三味線，曲調緩慢且聲音較為低沉，歌曲多為傳統歌謠；而台灣藝旦則是纖細玉指靈活流轉於琵琶音箱上，歌曲較為活潑，帶有南國小島特有風情。

他相信能唱出如此動人歌聲的人，一定也擁有美好的靈魂。

月檀回座後硬是被佐藤拉去划酒拳，儘管一杯杯黃湯下肚，她仍臉不紅氣不喘，但幾次蹙眉下嚥的神情，都讓古谷不捨，而晚宴結束後，她未對政要佐藤攀炎附勢地討好，更讓他驚嘆，原來歡場女子也有這般玉潔風骨。

儘管步態沉著，神色自若，但沒人知道她只有在闔上藝旦間的大門後才徹底鬆懈，嘩一聲地將穢物全吐了出來。

香蓮輕撫她的背，見她搜腸刮肚，幾乎要把整個人嘔乾，眼一紅勸道：「小姐，何必這麼辛苦，不如趁早找個人贖身。」

她捂著帕子，喘口氣後，嘆氣，「你想的倒容易，做人細姨，也只是一個坑跳另一個坑。」接著又繼續嘔了滿地。

一番梳洗，她飲下香蓮熱過的醒酒湯後，忽然鄭重其事拉起香蓮的手說：「妹妹你年紀也不小，我猜不出兩三年，滿姨必會要你考取鑑札。你要記得：醉，別在外頭醉，一旦在風月場被客人灌醉，糊里糊塗做了傻事，讓人輕賤了自己，視為土娼可就不好。」

香蓮點點頭，對於早早被買來養成藝旦的孩子，因為無從選擇，她們多半早有心理準備。

隨後月檀躺回舒適的臥榻，望著天花板。

曾幾何時錦衣玉食、風月歡場變得如此空虛？那些頻頻示好的酒客們也顯得無趣？腦中突然浮出那個容易臉紅，一臉為她擔憂的男子，心上自然多幾分暖意。

2

「小姐，你又要去見古谷先生嗎？」

正專注攬鏡自照的月檀並未察覺香蓮神色異常，「對啊，畫還沒畫完，你看看這顏色好不好？這是舶來品，在內地[1]賣得非常好，不知道會不會太淡了些呢？」她抿了抿唇膏，似

[1] 內地，日治時代稱呼日本。

乎又覺太淡雅，不甚滿意。

香蓮弓身向前，在她耳邊細聲說道：「滿姨問我，你是不是跟那畫師……她說哪有畫一幅畫那麼久，出去那麼多次……」

月檀原本微翹的嘴角頓時僵住，眼眸中雀躍的光彩轉為黯淡，她呆望著梳妝台，苦澀回說：「滿姨多心了，我也只是賣給佐藤面子才去當模特兒，你說，又沒有錢拿。」

「是啊，我也是這麼跟她說，怎麼會跟古谷老師，那麼窮根本養不起。可是，小姐，外面已經有人傳得沸沸揚揚，滿姨特意叫我盯緊點。」

月檀啞然失笑，「滿姨這是……」她頹然地放下唇膏，豁然聽懂滿姨派人傳遞的是種警告。

她起身道：「香蓮，你說，人是不是擺脫不了命運？下層人永無翻身之日，就算渴求的只是那一小小點的希望、快樂也不行？」

「小姐……」如此富哲思的問題讓香蓮陷入苦思，因為她從未想竄改命運，所有人都叫她順從，隨波逐流。

咕咕咕——老爺鐘傳來報時鈴聲。

「罷了。『人生只似風前絮，歡也零星，悲也零星』，走吧，出門了。」她決定放下解不開的難題，拾起小提包便出門。

黃包車駛往熙熙攘攘的龍山寺町，然而滿街的食肆、古玩、竹簍、香燭等攤販阻擋通往龍山寺去路。

「兩位姑娘，過不去了，這邊先下車吧！」眼見窒礙難行，車伕只得勸道。

「大哥，這邊離我們要去的地方還遠著呢。」香蓮不安地看向洶湧人潮，離龍山寺還有一段距離，走過去也得花一段時間。

「沒辦法啊，姑娘，你看，真的過不去了，你不願意下車，也只能在這跟我乾瞪眼啊！」

月檀瞧了瞧手錶，與老師相約時間晚了，遂急聲道：「我們下車吧，看來車子真的過不去了。」

付完車資下車後，月檀先細心平整今早特意熨燙的洋布長衫，白色羽毛圖案漂浮在天空藍的布料上，這是永樂布市新進的花樣。她轉身問道：「如何？我頭髮亂了嗎？」

「沒有，快走吧。」香蓮苦笑，怪不得滿姨都懷疑你，全世界還有誰看不出來你的過分在意呢？

兩人焦急地趕路著，奈何今天的龍山寺町擠得水洩不通，於是兩人決議抄近路，拐向路旁的小巷，卻忘了此地龍蛇雜處，早一下車就引起街旁地痞流氓的覬覦。

「兩位姑娘是花街裡的人嗎？穿這麼漂亮是要會情郎？」一名禿頭，滿臉坑巴的男子從後方快步擋住去路，猥瑣地問道。

月檀低頭，欲繞道而行。

另一名眼皮浮腫男子打量過月檀後，流著口水問道：「幹嘛不說話？害羞？長的真美，定是紅牌。」

「小姐……」香蓮懼怕萬分，眼淚撲簌簌流下。

月檀拉著香蓮向後退，急中生智，她一手探進小提包內，打開胭脂粉盒，倏地將胭脂粉撒向面前粗鄙男子。

兩名男子雙眼一陣刺痛，捂著雙眼退後，還來不及反應下，月檀拉著香蓮逃回來時的街市中。

然而擁擠人龍中，她們畢竟是走散了。

熟悉的面孔隱沒在人群中，月檀心急如焚，但又暗自安慰自己，香蓮時常在外走動，身上好歹也有銀行券，尋她不及也能叫車回藝旦間，再加上滿姨與台北州廳官員們向來要好，只要香蓮找到警察求援，也能平安回去。

倒是自己，剛跑的時候鞋跟都斷了，如此狼狽的模樣，千萬不能被老師看見，但……該如何取消與老師的約會？何況此次約定還是自己主動提出，說要帶老師飽覽古廟風光，聽說日人極重視時間觀念，自己此番突然失約，想必老師對自己印象極差吧！

想著想著，她不自覺順著人潮的推進踏入龍山寺。

「姑娘，買花嗎？求菩薩保佑。」花販拿著托盤，上頭是一盤盤的紫色洋蘭。

「保佑？」

「是啊，觀世音娘娘大慈大悲，只要你誠心祈願，菩薩娘娘定會幫助你。」

「求的都能成真嗎？」她懷疑問道。

一來她本無所求，二來她自幼跟隨滿姨，滿姨雖然時常虔誠四處拜佛，但虧心事也從未少做過一件，所以每當滿姨拉著她一起禮佛時，她也只是做做樣子；若真有神明，又怎會讓那麼多女人流落在底層，翻不得身？她在這修羅場看得太多、太徹、太痛。

花販說道：「心誠則靈，你若沒有誠心上達天聽，菩薩又怎能幫你呢？有時不是菩薩不幫，而是你根本沒真心求救過。」

花販的話打動了她，昔日確實淡泊無所求，但近日卻祈禱著能永遠當老師畫中的模特兒。若真不幸，起碼神佛能撫慰自己內心的不甘吧！要不王香禪為何晚年日日禮佛，陳甜最終遁入空門呢？或許菩薩真有什麼神力。

於是她付了錢，踉踉蹌蹌走到了菩薩跟前，將洋蘭花盤擺上桌，燃了香，跪在團團上。

她閉眼凝神默念道：觀世音菩薩，信女月檀，自幼命薄，輪度轉賣淪為煙花女子，月檀身雖下賤，但對人世猶抱奢望，我不求財、不求飛黃騰達，只求世間能有一人同甘貞不渝，共苦情不棄。

她嘆口氣，簡短的祈願，一盞燈、一個家、一碗飯怎會這般艱難，突然淚花不可抑止地爬上了面頰，自知都是奢求，又怎還有臉求菩薩？

心誠則靈。

一名男子佇立在她身旁，溫柔問道：「月檀，你有什麼委屈，怎會在這哭呢？」

她輕拭眼角的淚水，驚訝問道：「老師怎麼在呢？真不好意思，失約又讓老師看見我哭。」

古谷蹲下，「我在門口等了你好一陣子，後來看見你一個人走進來，喊你你都沒聽見，我就跟著你過來了。」

「老師真不好意思，我跟香蓮下車後走丟了，所以遲到。」她淚眼汪汪說道。

「沒關係，是我太不細心，忘了龍山寺町太多人，你們一定不好下車。那……你可以告訴我為什麼哭嗎？」他從來不忍苛責她，唯有心疼。

她搖搖頭，這樣的奢求對誰開口都丟人。

他看著淚眼汪汪的女子，心中百感交集，同為漂泊孤鳥的他懂得那份痛。

「好吧！那你可以告訴我本島人是怎樣拜拜嗎？」

月檀大致講解後，古谷也燃起香，學著她有模有樣捧香下跪喃喃祈求，突然轉頭問她：

「你覺得本島的菩薩能懂日語嗎？」

她笑道：「心誠則靈。還是，老師要我幫你翻譯？」

古谷紅著臉，半晌，他鼓起勇氣說道：「那請菩薩保佑月檀小姐的願望成真，古谷遼願意把自己的好運，全換給月檀小姐。」

她默不作聲，心一緊，為這如陽光般的祝福感到前所未有溫暖。

養母、滿姨、客人們說穿了對她就只是銀貨兩訖的對價關係，有誰真的愛過她，哪怕只是一點憐憫，但又想起老師窮極一輩子也無法為自己贖身，愁苦的淚珠又落下。

見她落淚，古谷趕緊道歉，「對不起我失言，不該冒犯月檀小姐。」

「沒，我只是，覺得古谷先生可憐，把好運給了我，不就要倒楣了嗎？」

古谷輕笑，「古谷不知道月檀小姐身世，但一定有極大的苦楚，不然不會走上這條路吧！我自己孑然一生，也非幸運之人，多少也懂月檀小姐的身不由己。所以若一生的幸運能讓月檀開心也是值得。」

兩人拜完菩薩後走出龍山寺，經過路旁的鞋商，古谷對月檀說道：「讓我送月檀小姐一個禮物吧，你鞋子壞了。」從她進寺廟的時候他就發現。

她搖搖頭趕緊推辭，但古谷早已走入店內，對著玲瑯滿目的女鞋挑了起來。

他拾起一雙白色軟皮低跟鞋，問道：「這雙可以嗎？坐下試試吧，我的心意，謝謝月檀小姐當我的模特兒。」

她臉微紅，坐在椅上套了套鞋子，出奇的合腳，試穿後她點點頭。古谷二話不說結了帳，兩人步出店外。

「其實你不用這麼破費。」她說。

他笑說：「月檀小姐不用這麼客氣，鞋子壞了換了就是，古谷希望你的路越走越好。」

路途上月檀忽然想起適才對話，便問起：「老師為什麼說自己是個不幸運的人呢？」

「我父親戰死在中國東北的九一八事變，母親獨自撫養我和弟弟，小時候過得極為清苦，大家都勸我參軍領領軍餉，為天皇效忠家裡也好過。可是我不甘心，戰爭，奪走我父親，難道我也要在戰場奪走別人的父親嗎？我從小就喜歡畫畫，可是沒有錢，所以我先到廟宇跟著師傅修護屏風、障壁，下工後模擬寺廟內狩野派風格作品，等存到錢才開始學畫。」

他停下腳步，鄭重對她說：「月檀小姐，我告訴你這些，並不是我為我的不幸感到哀怨，而是我相信人有改變命運的潛能。」

古谷的一番話讓她陷入沉思，隨後，她說道：「我帶你去一個地方。」

月檀領著他到龍山寺附近的歡慈街，整條街滿是娼寮，面前一張張或老、或少的臉孔，抹著灰白粉末，紅慘慘的嘴，為了區區幾圓在門前諂媚賣笑，任一個個嫖客入室踐踏。那些女子正用肉身供養著世間的貪嗔癡怨。

「很多色衰的藝旦最後都到了這裡，這或許，是我晚年來的地方……」

古谷心疼，他無法想像心儀的女子某天會墜入地獄，「怎可以在這種地方過活，再怎樣貧苦的生活也好過給人糟蹋，是要多少錢才能離開藝旦間，我雖然不是大富大貴之人，但會盡全力幫助你。」

3

月檀在藝旦間的內室裡把玩著古谷那日離別後送來的舶來品香水。

男人供奉的金銀珠寶她從不缺，但當前教師薪水僅約五十圓，古谷卻特地從菊元百貨挑選了四十五圓的禮品做為謝禮，使得這小方瓶內的液體格外珍貴。

她伏在桌上，打開香水瓶口蓋，小方瓶飄散出馥郁的花香撲向鼻腔，讓充斥紫檀木的房間添增春意。她私心想著，如果可以，希望這場畫展永遠別結束。

不只是她，連古谷都試圖拖延畫作完成，先前〈雪地的月光〉完成後，他推說神韻不及，欠缺火侯，或背景枯燥乏味，月檀也是心照不宣，於是兩人足跡遍及藝旦間、酒樓、台北公園、圓山公園，香蓮只能在一旁暗自焦急。

她微笑著，老師是世界上最懂得她的人了，從不像那些酒客，死命灌酒，色眼上下打量，她和老師相處的時光平靜而溫暖，多半是她當老師的模特兒，老師專注描圖作畫，偶爾她沏上一壺茶，一同賞花，那種平淡幸福的況味正是畢生所求。

香蓮踏入滿室芬芳的屋內，讚嘆道：「真香呢，古谷先生真捨得。」

月檀帶一點得意微笑。

「不過小姐，古谷先生有辦法幫你贖身嗎？」

月檀沉默。

「那怎麼辦？」

「總會有辦法，老師跟我都在攢錢。」

聞及此話，一直在門外竊聽的滿姨再也壓抑不住了，她劍步竄進房內，憤恨罵道：「錢？他能有多少錢？你們別傻了。」果然同外頭傳言，一手栽培的藝旦居然跟了個窮畫師，心想到辛苦養大的搖錢樹背地裡計畫著棄她離去，一種被背叛感覺竄起，她怎可以忍受！

月檀起身回道：「我早就不想待了，說好聽賣藝不賣身，又是誰一天到晚喊著要我訂薦枕身價？鼓吹我賺皮肉錢，你簡直跟土娼裡的老鴇沒兩樣。不然你開個價碼，我走。」

「你這忘恩負義的蠢東西，男人不可信，特別是日本男人，人家風流後便回國找不到人。傻腦袋，我是為你好，要不趁風華正盛多賺點，要不尋覓個金主贖身，事務官還是茶商比你那寒酸窮畫師強得多。」滿姨苦口婆心勸道。

月檀聽見詆毀心上人，離開意志更加強烈，「你開個價，我不要像你這樣過一輩子。」

「像我這樣過一輩子？你以為你又是誰？做什麼春秋大夢。你拿得出一萬再說。」

月檀罕見失控的怒斥道：「當初買下我只有兩百圓，現在卻說要一萬才能放我走，這種價格虧你說的出來。」

養母繼續大言不慚說：「我養你養幾年？」大稻埕第一藝旦可是會下金蛋的母雞，想走？門都沒有，不扒你幾層皮不甘心。

「我又幫你賺了幾年？」她反駁。

「就一萬，沒一萬你別想走，天涯海角我也找到你。古谷那窮鬼沒錢學人家玩什麼藝旦。」語畢滿姨訕然離去。

香蓮小聲說：「一萬……買房子都不用一萬。」

樓梯間傳來滿姨大聲呼喊聲：「香蓮，以後不用服事月檀，那種咬布袋忘恩負義的死老鼠隨她去，別跟她學壞。」

香蓮怯生生：「小姐，我先下去。」

與滿姨爭吵後月檀意難平，她忿忿然地打理起這些年客人打賞的財物。

當初多數珠寶玉器早就被滿姨搜刮，現在剩存寥寥幾件的玉飾又怎夠幫自己贖身。她咬著牙，沒有眼淚，她早就想透，大不了一走了之。

「一雙玉臂千人枕，嘖嘖……真沒想到古谷老師是那種人，留戀風月。」

「假正經。」

「難說，英雄難過美人關啊，聽說是名藝旦，照那樣子說不定我也栽下去呢。」

「你去過藝旦間嗎？我可是沒去過，」

「沒，哪那麼多錢，古谷可能都把錢花在那吧。哈哈！」

想到古谷老師平日的正經模樣，卻染上這幾日鬧得滿城風雨的醜聞，幾名台籍教師莫不嗤笑起來，畢竟一樣工作，內地人薪資就是比本島人高，早讓他們心生不滿，逮到機會背後說閒話也只是剛好紓壓而已。

美術學院走廊上。

「古谷先生請留步。」

「怎麼了嗎？香川先生。」

香川教師確定四下無人後，悄聲說道：「我有聽說你將要娶支那妻，還是藝旦，是真的嗎？」

「這是我的私事。」古谷皺眉，這種無禮的勸說他已聽過不下數十次，便轉身要走。

香川教師急喊道：「古谷先生，我勸你，別被那種地方的女人騙，別說本島，在內地就常有為藝伎散盡家財的事了，古谷先生我真心……」

古谷搖搖頭，直接轉身離去，他早決定對這些貶義話充耳不聞。

他不懂月檀犯了什麼錯呢？她不過就是個出生不好的女人罷了，至於清高的名譽，在會餓死人的底層社會中又值多少錢呢？

他緩緩走入校園樹叢間，揀選了一塊木椅坐下。

唯有在空無一人的空間裡他才能喘口氣，感受清新友善空氣，逃離那令人窒息的流言蜚語，在學術殿堂的庇蔭下尚且如此難受，更何況是活在風月俗世裡的月檀呢？他仰望萬里無雲純淨無瑕的天空，再次發願祈求本島的神，能憐憫這可憐的女人和自己。

他在日式宿舍內清點自己財產，日幣、台灣銀行卷、父親遺留下的懷錶，就這些了。他蹙眉自怨著，窮了大半輩子，從沒有一刻為自己不富裕覺得有罪，看來要加把勁，多兼課，多贏得獎金，甚至賣畫，廉價也沒關係，被商人騙也沒關係，總之他急需一筆錢，才有辦法幫助月檀小姐。

「老師！大事不好了。」一名學生滿臉驚慌失措，扛著畫框跑進畫室。

「和生，怎麼了嗎？」他起身問道。

學生邊喘氣邊喊道：「我剛送〈雪地的月光〉去府展展覽會館，他們說你的畫被除名。」

他雙眼發直，怔然問：「為什麼？」

「他們說……說……佐藤事務官下令，因為名譽問題，所以無法參展。這是老師的心血，老師。」恩師莫名慘遭除名，對這件不公不義之事，學生忍不住啜泣。

他吸口氣，反而拍了拍學生的肩膀安慰道：「我都沒哭，你哭什麼呢？」

「老師，社會為什麼這麼不公平，準備了這麼久的畫，卻莫名其妙失去參展資格。」說完，學生悲憤的眼淚潸潸流下。

他頹然摘下眼鏡，揉揉好幾夜沒闔上的疲憊雙眼。他想著，是啊，社會為什麼這麼不公平，很多事再如何努力也是徒勞，但隨即又想到，若自己因此一蹶不振，那誰能帶給月檀希望呢？誰能幫助她呢？心有所愛的人沒有絕望的權利。

沉思片刻後，他拉著學生坐下，並遞給學生手帕安慰道：「和生，有天你會懂，即使再大的苦難，再大的難題，再多的失望，只要你心中存有一個你想守護的人，你一定要勇敢，學著在困境中找到希望。」

月檀坐在蓬萊閣包廂內為客人彈奏琵琶，心思卻飄飛在遠方。

自她上次與滿姨爭吵後，滿姨像未雨綢繆般開始急急訓練香蓮成為藝旦，過去如師徒、姊妹、母女間的輕言軟語蕩然無存，現在見她滿嘴都罵著傻、忘恩負義等話。

她不怪滿姨，畢竟後繼無人的老藝旦只剩土娼一途，滿姨只是太懼怕孤苦無依，硬要拉個人當墊背。她倒為此慶幸，雖然少了香蓮的服侍，叫車、打理細軟衣物樣樣事必躬親，但同時也少了人監視，讓她擁有更多自由，反正滿姨亦不怕她逃跑，畢竟無父無母，整個大稻埕都認識她，她又能逃去哪呢？

只是可惜了香蓮，那個自小跟著她的小女孩，原本晚幾年才會出局應酬，現在提早踏入虛幻的金粉世界裡，任各色鮮豔色料和髒水，紅的黃的黑的藍的全往身上潑，小小年紀被迫拚酒賣笑，鎮日皺著一張臉。

「聽說滿姨現在訓練香蓮接手呢。看來她是不行了。」座上一名藝旦細聲跟著姊妹閒聊起。

「小聲點，別被她聽見。」但她卻故意放大音量。

另一名女子斜視月檀後笑道：「她不會聽見的，她那麼傻。」

「真的，也不知發什麼瘋，跟個死窮鬼在一起，我一個晚上賺的都比那窮鬼多。」

「錢在手上才是踏實啊。」

一群藝旦肆無忌憚以她為題嬉鬧著。

她一笑置之，心平氣和，僅彈挑琵琶琴弦的力道逐漸加大，流言蜚語隨樂曲四竄她也無所謂，那怕蔓延整個大稻埕，她心裡有一塊土地是別人侵犯不了的。

結束蓬萊閣的午間飯局後，月檀估算距離晚上的表演尚有兩個小時左右空檔，她打算親自去一趟臺灣教育會館，為老師獻花，加油打氣。

她匆忙下樓喚了輛黃包車。

「是月檀姑娘啊？怎麼沒看到香蓮，去哪呢？」車伕問。

「香蓮正準備著考鑑札呢，沒空出來了。我要到龍口町三丁木的臺灣教育會館。」

在車上，她的心隨著顛簸路面而顫抖著。

盛大府展中，台日畫師們究竟誰能獲獎，一直是這陣子熱門的應酬話題，她也是在杯觥交錯裡聽聞客人們聊起老師的作品，才知道老師是如何受人敬仰的畫師，除融合日本狩野派和西洋畫技巧外，因長期在本島教學，作品也沾染本島朝氣蓬勃的活力，創作倍受期望。

每當聽見客人們讚賞起老師，她同樣感到與有榮焉，連帶對這些客人也多份好感，彈琴賦詩精神奕奕，一掃先前陰霾。

她是多希望老師能得名啊！〈雪地的月光〉可是老師的嘔心之作。

一看見「第六屆臺灣總督府美術展覽會」的布幕，她不由得手心發汗，為老師緊張起來。門口招待見她提著花籃而來，勤快問道：「是署名致贈給哪位畫家呢？」

月檀紅著臉，吐出心上人名字。「古谷遼。」

招待困惑地皺眉說：「古谷先生已經被除名了。」

她傻眼，捧著花籃的手停在空氣中，「怎……怎麼可能？」

「這早已經是確定的事。」雖然不忍讓眼前如花嬌豔的佳人失望，但確實是早除名，無法隱埋的事實。

「為什麼會被除名呢？是誰把他除名？」她不死心地再問。

「名譽問題，細節我就不方便多說了。」美好的容貌讓招待憶及傳聞，忍不住好奇問道：「請問你是？」

「這……花你看要擺哪就擺哪吧。」她心慌下胡亂將花籃塞向招待，快步離去，幾乎是用逃跑的速度。

她百思不得其解，明明前天才和老師見面，老師卻從未提起府展被除名的事。她喚了輛黃包車直接駛向日籍教師們的平房宿舍區。

車伕賣力踩踏，塵土飛揚，街邊景色飛快的轉換，內地人木造平房、本島人紅磚瓦樓、巴洛克建築洋樓、田疇、雜草，物換星移，宛如她人生的三稜鏡，短短幾個月，本無欲無求的她竟滋生一個微小心願——願得知心人白頭不相離。

現在想來還是太奢求，像自己這樣不幸不潔的人，誰沾染到都得下地獄。那麼至少，換他一世安好也好。

她暗自下決定，要與他別離。

下了車，她扶著木板牆，踩過一地的落花，在門前觀看著老師聚精會神的描摹，她眼睛一酸，淚眼婆娑，趕緊擦去淚水避免混淆了視線，她要仔細記起那張臉，那專注神情，以後好用一生去懷念。

然而古谷已從方格窗櫺望見她，放下畫筆起身迎接。

「今天怎麼有空來呢？怎麼又哭了呢？」

她擦去眼淚，笑道：「有空檔，順道過來看看老師。」看著他蒼白乾淨的臉，眼眶下的黑影，憔悴神色，她心頭一緊，滿懷愧疚和心疼，這麼好的人，是自己害了他吧？把幸運給自己的老師真的太可憐。

她隨著古谷進入座敷間。自從認識老師後，這裡就彷彿是她的家，簡潔、乾淨，就跟她想要的人生一樣，空中飄盪的是木屑混著顏料味道，日光灑落在走廊，徐徐春風溫暖吹拂著，如果一年四季都能長居於此就太好。

但，終究不屬於她這不淨之人的歸處，她拖累心愛的人，毀了才華洋溢的畫師前途，罪孽深重，自己太自私了。

「月檀你怎麼又哭了，有人欺負你了嗎？再等等我，我想想辦法。」古谷遞來水杯，問道。

她輕拂他憔悴的臉，淚眼迷離地問道：「我今天去了府展，你這是何苦呢？，忘了我，從新開始吧！趁一切還不算太晚。」

「你在說什麼，這都不是你的錯，只不過是……時運不濟罷了，我從不在乎別人說那些話，難道你在乎嗎？」

「我也不在乎，可是，老師，我毀了你的前途。」

「你沒有，〈雪地的月光〉是我最成功的一幅畫，也是我人生中最美的一幅畫。幸福是要代價，如果這是代價，那我心甘情願。日子再苦，我們不會一直苦下去，總會有好的那一日。」

「沒那麼簡單，我害了你府展被除名，害你被說閒話，害你……」她拚命搖頭，無法抑制的自責，眼淚氾濫。

古谷緊抱著她，安慰道：「沒事了，你沒害我，你沒有害我，我一直很感謝你，是你，讓我有了希望。從前以為人生就只是畫畫吃飯，遇見你，我開始想要跟你去好多地方，我們可以回內地，回我的故鄉新瀉，那裡有你最愛的雪，或去多多良，靠海的小車站，或去台南州，車站前火紅的鳳凰花大道。這世界上有好多很美的地方，不是只有台北州，總有個地方容得下我們。再等我一段時間，我們很快可以離開這裡。」他眼裡泛著勇氣和希望，好像世界上的苦難都摧殘不了。

她抬起頭來，問道：「離開？」

「月檀，戰爭總會結束的。」

「老師，你覺得日本會輸嗎？」她小心翼翼的問。

他額角淌著汗，琢磨適當字句，因為承認帝國的戰敗等於間接摧毀他的信仰。「從去年六月中途島海戰後我軍就節節退敗，想來並不樂觀……但不論如何，希望戰爭能停止。」

「老師，如果……戰敗呢？你會怎麼樣？」她知道陸續有日本人回國，酒樓裡的日本客人日漸減少。

「我會留在有你的地方，所以你不要害怕。也許日子會很辛苦，當然我知道目前錢還不夠贖，但我會加倍努力工作。再給我一點時間好嗎？」

月檀破涕為笑，點點頭。

時間逼近晚餐，月檀還要趕赴下一場晚宴，於是古谷陪同她走到門口搭乘黃包車。

古谷靈光一閃說：「對了，你閉上眼睛。」

她沒多問，心中小鹿亂撞，想著古谷老師莫不成學那些電影戲碼，但拒絕也似乎矯情。

於是她閉上眼，半期待半害怕。

結果一陣甜滋滋的香味襲來，輕敲她的唇。

她睜開眼，古谷正拿著一支糖葫蘆，「上次在龍山寺看你一直盯這個，應該很想吃吧！」

她笑了，她剛到底是想什麼呢？突然覺得自己好齷齪，但又有點失望。

見她失落神情，他問道：「怎樣？不好吃嗎？」

「不是，真的很好吃，我從來沒吃過這麼好吃的東西。」事實上，這是她第一次吃冰糖葫蘆。

在回程車上，她含著那支幸福的糖葫蘆，儘管嘴裡滿是甜膩，心裡卻又泛起一陣陣酸楚。

4

透過王醫師口述，模糊影像逐漸清晰；紅磚瓦樓，米行茶商招牌，乘著黃包車商賈藝旦，那時代一景一物全矗立眼前。

「你說說，這故事是很美吧，當時藝旦和貧窮畫師的故事傳遍全大稻埕，嘲笑的、看衰、同情的都有，最多的是莫可奈何。沒有未來的兩個人，卻又捨不得放下。正所謂『相濡以沫，不如相忘於江湖』，早點放手，彼此好過些，這道理懂得人太少。」王醫師感嘆。

悅雪幽幽地說：「王醫師，你不懂，有些人沒辦法輕而易舉地愛上一個人，特別是在亂世裡相逢，格外珍惜，若愛上，也只能死心踏地，不到最後一刻是不會放手的。」

王醫師訝異看著她，那張稚嫩柔弱的臉蛋，與記憶中的月檀有幾分相似神情，堅決勇敢。

皓鈞問：「那你又是怎麼得到這幅畫的呢？」說了畫裡的人，還未說明畫的來源。

王醫師又沉入回憶中，他說：「一九四五年，昭和二十年，台灣光復，日本人一波一波走了，我父親一向和日本人友好，光復後反而面臨新政府和反日鄉民的諸多刁難，所以我們全家正準備移民日本。我還記得那天，白天晴朗萬里無雲，夜裡突然下起了一場不尋常的大雨，像要把整個大稻埕洗爛一樣的雨……」

一九四五年十一月。

繁華萬千的大稻埕在深夜也只剩一片死寂；光復後日本人離開，新政府接手，百廢待興，政權青黃不接，連帶治安紊亂，盜賊橫行，夜裡家家戶戶早早栓緊了門，以求自保安維。

碰碰碰──急迫的敲門聲傳來。

「都十一點多，是誰一直敲門，存心不讓人好睡。」王醫師家的幫傭劉媽抱怨道。她放下手中正打包的行李，心不甘情不願向門口移動。

碰碰碰──又一陣窮追猛打的敲門聲響。

「催什麼催啊……趕投胎啊。」劉媽踩著細碎的步子走向銅門。

「誰啊？」

「我找王醫師。」

辨認出是王醫師好友古谷先生的低沉嗓音，劉媽放心開了門，門外的人早濕透了全身。

古谷一身溼漉漉地扛著大箱，身旁黑衣女子也身負多個布包，撐著的那把小油傘，根本無能遮風避雨，兩人渾身濕透。

細看那纖細的女孩容顏，劉媽大驚，儘管披著黑色披風，帽子陰影遮去大半臉龐輪廓，但……這可不是名藝旦月檀嗎？

「這是……」這兩個人同時出現讓劉媽懵住了。

「我找王醫師。」畫師開口，雨水順著他臉龐滴滴滑落。

劉媽滿懷困惑，但心想必有大事發生，遂快速將兩人引入室內，遞給了兩條毛巾。

還未來得及通報王醫師，王醫師夫妻早已被剛才劇烈的敲門聲驚擾，一雙兒女也醒來，跟在樓梯間探頭探腦。

「古谷，怎麼了嗎？這……是月檀小姐！」王醫師驚道。

月檀微笑點頭致意。

王醫師的妻子見美人打顫哆嗦，「你們慢慢說，月檀小姐不嫌棄先上樓盥洗，換我的衣服去。劉媽，快去倒杯熱茶給客人。」

月檀卸下披風，隨王醫師的妻子上樓。

王醫師兒子，就是未來的小王醫師靠在樓梯間，原本正準備回房補眠，但一瞧見那美麗的大姊姊容貌，便目瞪口呆的站在走廊中。

王醫師妻子怒罵道：「瞧你這豬哥樣，別擋路，口水擦一擦，快去睡覺，明天不用上學嗎？」

小王醫師悶不作聲，作勢回房，卻在母親帶離客人後，又躲回樓梯偷聽。他實在太好奇，父親的畫師好友和美麗藝旦的故事他聽說過，叛逆的故事對青春期的他特有吸引力。

「古谷直說無妨。」見好友躊躇不決神情，王醫師鼓勵道。

古谷向來甚少求人，要對人開口請願極不自在，他緊盯著手中茶杯，緩緩說：「我急需一筆錢，想把這幅畫先暫時賣掉。」

王醫師隨即了解話中含義，他拆了木箱，裡面是包裝完整的精緻畫框。

「〈雪地的月光〉，這不是你先前要參展的畫嗎？你怎麼捨得？」王醫師拿起畫框仔細打量，近距離的觀看讓他不禁讚嘆：古谷這小子，日後必出名，不論神韻、用色、細節處理全展現狩野派優勢。

「所以……暫時，等我哪天回來，會來贖。」

王醫師拍拍好友的背，「好，我等你回來，先好好為你保管，我上樓拿個錢。」

王醫師上樓後，月檀正好盥洗完畢，換上潔白的布衫下樓，身上還散發著肥皂輕淡的花香味。

古谷苦笑，「真是苦了你了。」

「不苦，我從沒這麼幸福過。」她莞爾一笑。

王醫師在樓上與妻子商量一陣後便一同下樓，遞交給古谷一個厚厚的信封。

「你們什麼時候要走?」王醫師問。

「待會,趁天還沒亮。」

「也不知道何時能再一飽耳福聽月檀小姐彈奏了。」

月檀燦笑,「會的,有機會的,倒是王醫師何時去內地?會再回來嗎?」

王醫師面露無奈,嘆道:「下周啟程,有機會當然還是想回到故鄉,唉,可是你知道,時也運也命也。」

月檀瞧一眼古谷後,笑說:「那我們將會再見面的。老師總說人在困境裡找希望,時代一直在改變,也許一段時間過後,侷限沒那麼多,只要我們還記得當初的心願,那便有完成的一日。」

直到天空泛起紫青色的朝霞,古谷和月檀告別王醫師夫婦,再度披上黑披風黑帽,提著大小布包離開,趁黑去車站。

王醫師夫妻靠在門邊目送友人離去。

那對戀人他們是從什麼時候愛上對方的呢?王醫師回想起兩年前江山樓的一場酒席,也許那時就有端倪,他最好的朋友古谷從不多言,卻在酒席後不斷向他問起藝旦的生活,當時他百般勸誡;藝旦生命如同繽紛多彩的金魚,不是人人都吞得下,但……死心踏地的人又怎可能聽得進呢?

「你覺得……他們能逃得掉嗎？我真希望他們能好好的，有天我們還能聚在一起。」王醫師太太擔憂道。

他拍拍妻子肩膀，默不作聲，隨後轉身再三提醒劉媽切勿多言，就當昨晚這兩人沒出現過。

而他的兒子，小王醫師在房裡拭著淚，為了父親所說更優渥、更安全的生活，他也只能被迫離開生長環境，到異鄉重新開始。

「我是這段歷史見證人，我父母親最後還是沒回到故鄉，只有我回來。而月檀和畫師，那次是我們初次見面，也是最後一次，我再也沒見到他們。」

悅雪強忍眼裡薄霧，有感而發道：「從前看張愛玲〈傾城之戀〉，用一座城市的翻覆成全一段愛情，但真實的是，戰爭摧毀了愛情，時間證明相遇的意義。」

「不過他們究竟去哪？回日本？」皓鈞問。

沉默良久的前田光說：「沒有，他們留在台灣。不過……有了古谷遼這名字，我們很快就可以知道他們去哪。」

皓鈞不服氣地質疑道：「你怎麼確定他們留在台灣？」

悅雪代替前田光回答，「他如果要帶月檀回日本，就不用特地跑來跟老王告別，就是知道老王要移民日本，他卻要逃往南方，所以找一天來告別。只要動用前田集團資源調查日治時代留在南部的日本畫師名字應該就可以找到。」

王醫師：「如果有他們的消息麻煩也通知我，我和父親守著這幅畫也超過半世紀，要不是真的急需錢，我真想信守承諾，親自交還給古谷老師。」他愧疚低下頭，究竟沒能代父親守住承諾。

「這幅畫輾轉流離卻沒受到損壞，你們做的很好。你已經盡力了，老王……你的父親，也很努力，我們會代為好好守護這幅畫的。」

悅雪瞧了瞧手錶，「好了，時候不早了，謝謝王醫師撥空前來，有什麼消息我會再通知你。」

簡短寒暄，王醫師先行離開咖啡廳。

「好了，接下來交給我就行，到時我們一起去古谷畫師他們落腳的地方。」前田光微笑對悅雪保證。

「等一下……你是不是忘了我？」被冷落的皓鈞湊上前問。

前田光不屑地回話：「你的功能是什麼？搶位子？買便當？」

「保護學姊不被色狼吃掉。」

「你說誰是色狼？你們這些記者……」前田光不甘示弱。

「好了！你們不要一天到晚吵吵吵，我快煩死了。既然這張畫前田光執行長送給我，表示我有掌控權，是吧？」她對前田光眨動慧黠的雙眼。

「當然，我是個穩重、踏實、可靠、貼心的人。」

「你居然還記得這檔事，應該再加個愛記恨才是。」她還是忍不住回嘴。

「那天我可是特地幫你查資料，結果下樓就聽見你這麼說我，我玻璃心都碎滿地。」說完還一副西施捧心樣。

她不可思議看著前田光撫心動作，怎麼執行長以前形象好像不是這樣，「玻璃心？你少女啊？」

「你不知道男人也是很脆弱的……」

「你就是好戰、腹黑，怎麼會脆弱。」悅雪說。

皓鈞翻起白眼，剛才是誰說不要再吵，結果兩個人現在又鬥嘴，他決定不淌渾水，滑起手機看到沛然好幾通未接來電，瞥一眼還在鬥嘴的兩人，決定先做正經事。

手機一接通便是沛然連珠砲彈問話「怎樣？你們聊很久喔？為什麼悅雪手機都不接？你在哪裡為什麼那麼吵？」

「喔，她在我身邊，就遇到個大嘴巴愛吵架。」

「吵架？她脾氣不是都很好，怎會跟人吵架？我姑姑急著找她，說咖啡廳包場的事要取消，本來都說好的，但姑姑這幾天接到騷擾電話，威脅要是敢辦這樣的活動就要剁手剁腳的，嚇得姑姑血壓高起來，好幾天不敢睡，她要我跟悅雪說抱歉，趕緊找另一間咖啡廳。」

「剩一個禮拜才說取消，太臨時了吧！你要學姊哪裡找地點？」

沛然也覺得為難，但畢竟長輩有安全考量，無法勉強，「這也沒辦法，總不能勉強我姑姑冒生命危險吧！我覺得，跟那種公司鬥還是不太好，雞蛋碰石頭，既然不關她的事，她也不是受害者，你勸勸她算了，受害者們不也是默不吭聲好幾年？」

他掛上電話，對悅雪說：「沛然的姑姑說要取消咖啡廳包場，說有人打電話去鬧，還潑漆，學姊，我看這件事……」

皓鈞才正開口規勸，悅雪便義憤填膺揮舞她的小粉拳罵道：「可惡的雅筑生技！用卑劣手段的惡質公司，對付這種人千萬不能低頭，否則會有更多受害者。只剩一個禮拜了，如果取消會影響受害者士氣，好在我有口袋名單，我先走了，我趕緊去找新場地。那……有什麼消息再通知。」

皓鈞原本想勸退的話又嚥了下去，識時務者為俊傑，這時潑冷水準沒好處。

「雅筑生技是什麼鬼東西？」前田光問道。

「這是她的私事，我也要趕快去幫她找新場地。」見學姊飛也似的離去，他也趕緊拾起後背包向外衝，再說，他也不想留下來跟情敵一起喝咖啡。

被留下的前田光唸著：「你們不告訴我，難道我就無法知道嗎？」

他撥打電話回前田集團。

第六章　陽光下的陰影

1

正午，開完會後，前田光打開黑色濃重的百葉窗，落地窗外的宏偉建築映入眼簾。

在日光照耀下，翠綠色大樓投射出寶石般光澤，象徵熠熠生輝的頭銜、聲望、財富。三十坪寬敞無隔間的執行長辦公室內，他坐在強調人體工學的進口電腦椅，心想眼前碧綠大樓，曾幾何時開始讓他心煩，甚至覺得俗艷？猶記當初接任執行長位置，閒暇之餘時他總愛坐在落地窗前，正對著矗立眼前的城市座標讚嘆。

一〇一大樓對他而言不僅是棟高可參天的大樓，更是父親影像的重疊。自幼父親台日兩頭奔波，父子相聚時光少得可憐，甚至將近一半的會面時間還在辦公室；日本的表參道，台北的信義區辦公室。

若是在台灣，在父親的辦公室，父親總會指著眼前的大樓對他說：「這是棟了不起建築，居然可以代表一座城市，甚至台灣。光，你要記得，以後前田集團也要像這個建築物一樣，讓所有人看見，讓所有人想起藝術，就想到前田集團。」

憑藉日本華族和台灣望族之後人脈，前田集團在父親任期間已經成功，而他不過是錦上添花，針對上層客群打造出更奢華的視覺饗宴，奪得優秀二代美名罷了。

只是久了，大家都忘了，他也曾是個藝術家，也曾珍視自己才能，孜孜矻矻地創作著，直到藝術大學的畢業展，他滿心歡喜等待父親，畢竟父親也擁有很高的藝術鑑賞力，若能得到一句讚美，一句肯定……

然而父親終究缺席了，他傳送作品照片後，也只得到一句「經營者需要的是鑑賞力，不需要懂得創作」。

就這樣一句話，輕而易舉打斷他念頭，他這輩子都不該是藝術家，他是前田光，在家族、父親的庇蔭下成長，終究要將一生回饋給族人。

他想起那個說著「以赤誠的藝術力量讓島上的人生活溫暖起來」的女孩，忍不住會心一笑，或許那樣的勇敢和天真，才是能真正引領人的光芒，失了目標的自己，只是一個名為光的人。

「執行長，雅筑生技的調查結束。」曉若在門外通報。

「好，請進。」他關上百葉窗。

曉若踏進辦公室，恭敬地向前田光遞上一疊文件，並報告道：「雅筑生技公司名義上是直銷公司，商品涉及健康食品、電商、化妝品等，且負責人另有經營地下錢莊，與黑道有掛勾。高層本身不涉案，他們雇用人士在網絡平台散布遊艇派對、名車、精品包等炫富照片，以假冒富裕形象吸引下線加入；下線加入後即開始『養、套、殺』。不同職級幹部福利、抽成不同，為了達成升級，會員不惜購買大量貨物囤貨，待資金周轉不靈後，公司轉而介紹地下錢莊簽巨額本票。」

前田光翻閱資料，問道：「這麼狠，等於一加入等著被剝皮，怎麼會有人上當？」

「實際上不少，那些奢華照片很難不讓人起心動念。」

「都沒有人反抗？」

「大多人都秉持花錢消災不敢張揚的想法，況且多層次傳銷管理法屬於告訴乃論，受害者怕雅筑生技報復更不敢作聲。」

「林記者有受騙？她有那麼笨？」

曉若失笑，怎麼執行長明明與林記者認識不久，但每次講到林記者的事就很像講到自家人一樣直白。

「林記者並沒有受騙，她只是在網路上召集受害者，試圖用群體力量發聲搏取關注。不過，她忽略雅筑生技背後黑道力量，包場的咖啡廳因恐嚇被取消，臉書也被假帳號的怒罵給洗版。」曉若真佩服悅雪勇氣，特別是看到那些扎心羞辱人的字句。

他皺眉道：「這女人怎這麼雞婆，別人家失火要趕著救援，別人被詐騙便趕著要幫忙提告。」他閉眼沉思，修長的指頭轉動著萬寶龍鋼筆，「這樣好了，你找一間集團有投資的咖啡廳跟她接洽，說免費幫她承辦活動，活動當天雇保全，再找個律師。」

誰說是小蝦米對抗大鯨魚？她的事他可插手管定。

「你……確定要辦下去？我看到這些留言簡直嚇死，罵成這樣，說什麼記者只是利用受害者炒新聞，搏瀏覽次數啦，小時候沒念書長大變妓者，這些人這樣罵，你還要幫他們？」沛然滑著手機螢幕，睜大雙眼，她多希望悅雪打消念頭，反正做到全身冒汗也沒人感激，還被黑化成這樣。

悅雪仍堅持，「那些帳號都沒附照片，說不定是網軍。我知道有受害者家屬誤會我，但不是全部，只要當中有一位是真正需要幫忙的，這活動就有意義。」

「學姊，無論你做什麼我都支持你，不過，這件事真要從長計議，有風險，何況他們怎麼可以這樣罵你。」皓鈞看著臉書瘋狂怒罵的留言，心驚不捨。好好的美意，怎麼被曲解成這麼難聽。

「哎呀，你們兩個別哭喪著臉，我還是很幸運的，你看畫的事有前田光幫忙，雖然咖啡廳被臨時取消，但昨天突然有間咖啡廳連絡我，說免費贊助我，包含場地、餐點、燈光，還說找了一位律師來現場諮詢。所以，老天爺還是疼我的。」悅雪露出孩子般笑容，正向的宛如一顆小太陽。

沛然放下手機，苦笑，「真不知要說你樂觀，還是真的天公疼憨人。」

皓鈞心有所感，低頭感嘆道：「天公若真疼憨人，要不要先疼我啊。」

「我……我先去樓下買杯咖啡。」悅雪趕緊離座，逃離空氣中尷尬。

沛然瞥一眼皓鈞，又繼續低頭趕稿。她們都聽得出皓鈞話中有話，能領略出箇中苦澀滋味，卻只選擇緘默。

皓鈞瞧一眼悅雪離座的背影，又將眼神調回電腦螢幕前專注修圖。

反正自己向來就是多餘的吧！默默為學姊做了這麼多，巴望著有天她能懂心意、會感動，可是學姊對自己總清清淺淺，像一壺不會煮沸的茶，對外人的事總比對他熱心。沛然總笑他傻，叫他早看透，可是，喜歡一個人從來不是可以控制的，對一個人好又不犯法。

一晃就三年……要不是前田光的出現，自己不會這麼害怕，畢竟三年裡都沒聽見學姊特別提及誰，但這陣子她卻老是愛跟他拌嘴，看似尖酸刻薄回話，眉眼間卻又揮不去的開心；連聽沛然談起前田光，也不像過去掉頭，更別說先前經過學姊的座位，螢幕上居然還有前田光花邊新聞搜尋畫面，難道連她自己都沒發現太在意前田光嗎？

2

學姊一直誤以為是因為工作資歷，他才喚她為學姊，誤以為兩人間的關連只是同為來自高雄的北漂青年，其實她早就忘了，他們國中就曾見過面。

大三暑假時他申請去某時報擔任實習記者，專跑社會組新聞。當時系上的師長、學長姊紛紛勸阻，說他個性溫吞不適合走社會線，畢竟必要時需要衝撞爭論。沒人好奇他之所以堅持的理由，他亦從不主動說起國中悲慘經歷。

這世界上每個人都有黑影，儘管陽光多燦爛。

別看他現在人高馬大體格壯碩，採訪時架起攝影機總能搶到制高點拍攝優勢，其實他國中生理發育遲緩，比女孩還瘦弱。國中一入學他便感覺班上幾道不友善的眼光，再加上家境小康，用的全是簇新的進口文具用品，沒多久便被不良學生盯上。很快的，新生在老師眼神不及的空隙裡被架出，圍堵在校園偏僻的角落。

被霸凌這件事同學間早傳開，連老師或多或少都知悉，卻沒有人為他挺身而出，最多在課堂上喝斥不良學生幾句，下課一哄而散後，他又被架出教室外，只得到更多的皮肉痛。

所以他自小就想當記者或警察，在國中學校的廁所、杳無人煙暗巷、偏僻的樓梯間他暗自發誓過，如果有了能力，公權力或是什麼的，就不會被威脅著繳保護費，不會因為體格瘦小被揍得滿頭包，更能將那些惡質不堪的事昭告天下，但多數的時候，他心灰意冷時想一走了之，這世界黯淡一點光輝都沒有，正義只書寫在電影小說中。

國二時，體育課被師長更改為自修課，幾個不學無術的不良同學又把他「請」出教室，在破舊大樓後的草堆裡吆喝怒罵段考沒幫忙傳小抄作弊，啪啪甩了他兩巴掌，又踹了幾腳，全班沒人去通風報信。

他滿身泥濘，心想回家後父母要是再堅持不讓他轉校，他真的死死算了。

「會讀書有什麼了不起，屌甚麼屌。」說完向他臉上吐一口痰。

「這種就是欠教訓，打到你叫爸爸看你以後乖不乖。」滿臉痘疤很青春的國中生惡狠狠罵著。

更有一名同學拿著掃把走來加入訓斥大隊。

「打，打死這書呆子。」

他正打算緊閉著眼咬著牙縮著身子，等待接下來的痛楚，卻看見一個熟悉身影從樓上晃過去。

忽然，一種腥臭味撲鼻而來。

「靠！是誰潑餿水！」滿臉痘疤的同學身上有菜渣。

另一名同學抓起頭上的異物，大罵道：「噁心死了，上面還有衛生棉！」

「媽的，追！」

一群不良國中生氣憤跑上樓急尋肇事者，而皓鈞則起身走進廁所洗去一身泥巴，望著鏡中自己的倒影一身傷疤他卻笑了，明白這世界上，還有人默默幫助他，那是黑暗中傳來的微光。

流氓學生最終沒找到那個倒垃圾的女孩。但從他角度仰望而去，早看見那張素淨的小臉，是大他一屆的學姊，瘦小身型，卻藏有耗不盡精力勇氣，在辯論社不論是與壯碩男同學或老師論戰時從不畏懼。

是她，那張倔強的臉，果斷迅速地翻倒垃圾桶。原本陰鬱痛苦心情，見漫天骯髒糊成一團剩菜、衛生紙紛飛散落，不良少年滑稽竄逃模樣後全一掃而空，他甚至發笑起來，一切太滑稽。

而後隨著年紀漸長、身高抽高後，他開始回手反擊，漸漸地，那些惡霸對他失去興趣，聯考分派不同高中後便毫無連絡。

壓抑痛苦的國中生涯終於結束，唯一美好的回憶是學姊帶給他希望，像暖冬裡的那顆小太陽。

他記得那女孩的姓名，悅雪。

緣分是那樣地不可思議，兩年前進了雜誌社又再度遇見她，儘管佳人不識眼前人，他仍開心地想，他不再是那贏弱少年，這一次換他守護她。

咖啡廳工作人員全忙裡忙外，有的負責指引參加者入座，有的分送餐點，而皓鈞除忙著架燈光，確認收音直播狀況外，也留意是否有可疑分子潛入搗亂，悅雪則擔任場控，活潑的沛然則是主持人。

雅筑生技受害者法律諮詢座談會準時開始，實際到場人數只有當初報名的三分之一，但悅雪仍顯精神煥發。如她所說，只要能幫助到其中一個人，這些努力便是有意義。

咖啡廳外一台黑色九人座賓士車內，前田光剛結束與父親的視訊會議，雖說父親慶廣已將文化藝術基金會交接給前田光、前田啟泰兄弟，轉為董事長，但每月仍會要求兒子親自彙報公司的營運狀態。

剛闔上電腦，他閉目眼神。從小就冷冽嚴肅的父親，對話裡沒太多情感的交集，對母親、兒子說話都像交代公事一樣，久了，大家都習慣。其實父親又何必要求每個月彙報呢，誰不知道公司的老臣無時無刻都跟父親私下打小報告，嫌弟弟啟泰過於軟弱，自己不近人情，卻不反省時代再變，這群老人玩不出新花樣，也跟不上競爭。

他擰了擰太陽穴，想想能讓他開心的人，拿起對講機，「狀況如何？」

便衣保全回答：「雅筑生技請來牛哥，不過他們發現我們在附近，也不敢輕舉妄動。」

牛哥是當地地痞，專門利用中輟生和不良少年，雖不成氣候，但也弄出過幾樁案件。

「好，有狀況隨時通知，有打點過派出所吧？」

「執行長放心。」

他掛斷對講機。

「曉若，將下半年展覽企畫書先給我吧，我下午待在車裡辦公。」他雖然還是搞不太清楚為什麼她跟其他女孩子不一樣，一副無欲無求，但說到投其所好嘛……她最在意不就是那幅畫，那加把勁趕完工作跟她下一趟台南就是。

他瞥向電腦螢幕，上頭仍有稍早傳來的文件。

檔案：一九四六年日本籍教師留台資料。

3

「林記者，真的謝謝你。」一名家屬簽下請願書後致謝道。

「ㄚ頭呀，沒想到你真的辦到了。」咖啡廳員工扶著失明的許老師，她亦趨亦步前行握著悅雪的手。

「別這樣說，這都是大家的功勞，你們願意站出來，就是個好的開始。也要感謝咖啡廳、陳律師、還有我的好朋友們。」

當她說好朋友時，皓鈞按捺不住的苦笑。

經過一番收拾後，一群人魚貫步出咖啡廳。

「真沒想到今天這樣順利，真謝謝你們幫忙。」她歡快地挽起皓鈞和沛然手臂。

「哪的話，不過你不覺得一切太過順利了嗎？門外有幾個民眾從早站到晚，也不進來參加座談會，不知道是要來鬧場還是幹嘛。」沛然從早上便發現異樣，但對方似乎也不是來鬧場的。

「反正最後是圓滿結束，待會我請你們吃晚餐。」她今天特別開心，了一樁心願。

黑色九人座賓士車內，前田光放下企畫書，「活動結束了嗎？」

「是，結束了，陳律師拿到請願書回事務所整理，林記者也平安離開。」

他點了點頭，拿起對講機，「謝謝各位幫忙，今天任務圓滿達成。」

幾名便衣保全如釋重負，紛紛走入另一台廂型車。

他舒了一口氣，也許他還不懂得如何討她歡心，一見面也忍不住要吵架，但他至少能做到盡可能確保她安全無虞。纖弱身軀隱藏無限的能量和勇氣，或許那個老緊跟著她的男記者也是因此喜歡她吧！

他忽然想起，便問：「林記者一個人走？」

「跟同事。」曉若說。

「黃皓鈞也在？」

曉若點頭。

他若有所思，面無表情。

「好吧，那我們回公司。」

悅雪、沛然、皓鈞三人走進捷運上平價的義大利連鎖餐廳，待侍者點完套餐後，悅雪問：「請問洗手間在哪裡？」

「餐廳外走廊直走。」

「謝謝。」她轉頭對沛然、皓鈞做了個鬼臉，「我想到我從出門到現在都沒上廁所。」

「水庫要爆炸，快去。」沛然作勢將手指戳向悅雪腹部。

笑鬧一番後悅雪走出餐廳，步入走廊盡頭洗手間。

隨後她轉開水龍頭洗了手，正在走回餐廳路上，走廊旁的逃生門早有幾名小混混等待，喊道：「就是她，抓。」

他們一擁而上，抓手的抓手，抓腳的抓腳，抬著悅雪向頂樓走去。

「你們幹什麼！放手！」

捷運轟隆隆地響，餐廳音樂鼓樂喧天，全然遮蔽她求救的呼喊聲。

任她怎麼掙扎，發狠亂踹，小個子的她就像是個玩具一般被提著走，一路挾持到頂樓。

「看不出來她這麼兇，踢人超痛。」其中一名小混混苦著臉說。

這女生大他沒幾歲，紮個馬尾，圓圓臉上有雙靈活大眼，看起來應該溫柔可愛才是，怎知剛才小腿被她踹一腳，到現在還隱隱作痛。

「牛哥叫我們給她一點教訓，但也沒說要給什麼教訓。」
「要動手你來，我是不打女生。」
一名小混混推著另一名小混混，「你少來，你明明會打女朋友。」
「那你先。」
「怎麼辦？該怎樣處置她？」
悅雪忽然有些憐憫眼前四位失途的少年們，說穿只是一群烏合之眾，那生澀害怕的臉，把她綁架到頂樓卻又不敢下手，可見都初犯。
「我說，你們還是趕緊把我放了吧。趁警察還沒來。」她好意規勸道。
「你……你少廢話。奇怪，我要說什麼？」穿黑色夾克的混混拿起手機瀏覽起大哥傳給他的訊息，像朗讀課文般一字一句唸道：「你少管閒事，別插手雅筑生技，把請願書交出來。」
做壞事還要草稿，為避免激怒對方，她強忍微笑，好言好語說道：「請願書又不在我這。」
黑衣夾克混混急了，趕緊撥打電話問道：「大哥，怎麼辦？她說請願書不在這。」電話那端對方交代幾句後，他點點頭說：「知道了。」
接著他轉向悅雪喊道：「你去叫人把請願書送來，以後不准插手這件事。」

她嘆口氣，大發慈悲，好聲好氣說：「如果我去叫人了，她們也不會送請願書來，只會叫警察，滿十八歲沒有？你們是第一次擄人勒索吧？」

另一名穿帽T戴口罩的男孩說：「下個月剛好生日，我金牛座。」講完後一驚，等一下，我幹嘛跟肉票說這些。

「以擄人勒索來說沒滿十八歲就歸屬少年事件法，滿十八算刑事案件。快放我走吧。」她語氣平板。

「你……你少嚇人，我們最多被關幾個月就出來。」

「然後呢？留個案底？以後找工作多麻煩。雅筑生技給了你們上頭很多錢，你又沒拿多少，要替人辦事又要替人坐牢。」自幼失怙的她生長於育幼院，成長歷程中看過不少這些的孩子；天性並非極惡，有時只是傻慘遭人利用。

「大哥，老大打來，說別聽她亂說，給點教訓她才會怕。」說完黑色夾克男拾起棍棒打算向悅雪砸去。

他雖一臉凶狠，手卻發抖著，因為剛才她的一番話真有些嚇到他，動搖對牛哥的信賴。眼看少年們真要對她下手，悅雪大驚，奮力東鑽西跑。

靈活的她讓少年們追得氣喘呼呼，但跑了幾分鐘，終究寡不敵眾，帽T男一把逮到她馬尾，向下一拖，大喊：「抓到了！」

頭皮傳來拉扯的疼痛，她隨即想起電視中的防身術，反射性以手掌拍擊對方下巴，帽T男喊痛後向退一步，失手後更加生氣，攥緊拳頭向她打去，千鈞一髮之際身後的男子一腳踹飛帽T男。

「皓鈞！」悅雪驚喊。

「你沒事吧？」皓鈞眼中的怒火是她前所未見，與平時溫柔體貼的他判若兩人。

皓鈞有雙像鹿一般溫和的雙眼，平時說話總不慍不火，主動幫忙同事，甚至被譏為濫好人……現在，他表情猙獰扭曲，緊握拳頭，徹底失控。

國中被霸凌的影像與四名小嘍囉的身影重疊。他不敢相信，這麼多年過去，夢魘再度出現，只是他不是當年那個任打任罵的小子，他要反擊，也要保護學姊。

「靠！打死他！」一直沉默的皮褲男壓抑住懼怕，向前衝刺。

她打著寒顫，雖然害怕被混混圍毆，但現在……她更害怕皓鈞，那眼神透露出的不是單純憤怒，是長期壓抑後的報復。

「皓鈞，我們走了，別動手。」她上前想拉住他，但皓鈞卻全然地失控，大步向前迎上惡少。

時光彷彿倒流回到國中，他想起廁所、走廊、教室內那個無助的少年，他聽不見她說的話，看不見他生命裡的小太陽。他又經歷起同學正對著他罵髒話，翻倒他的書包，圍毆他，在全班面前羞辱他，知情怕事的老師則一臉漠然。

他再也無法忍受，發狂地一拳揮向皮褲男。

瘦若如猴子的皮褲男怎抵得過身高一百八十的皓鈞，兩人正面交鋒後，只見碰一聲小混混瞬間倒地。

悅雪急哭了，「皓鈞！不要打了！快住手！」她認出來了，國中她曾救過的男孩，不管被少年圍毆，忍受疼痛，仍有一雙桀驁不馴眼神，她就知道這樣的人遲早會出事，才會默默跟著他，不止是倒垃圾，甚至潑水、打小報告，但這男孩現在失控了。

帽T男見同伴一個個倒地後怒吼道：「媽的，沒天理！你敢動手！」他像發瘋衝上前，另一位少年也加入戰局，兩人圍攻皓鈞，卻都不是他對手，黑色夾克男索性牙一咬，從皓鈞背後直接拿起棍棒朝他的頭揮下。

皓鈞立時倒地，鮮血從頭部汩汩流出。

「出事了，快跑！」帶頭的黑色夾克男驚覺事態嚴重，一聲令下，混混們一哄而散。

「天啊！」她跌坐在地，慌張拿起手機求救。

4

醫學中心的電梯門甫一打開，一對老夫婦匆忙跑出，口裡一迭連聲喊著：「怎麼會發生這種事？」「這孩子怎麼可能會打人？」「怎麼會惹上黑道」。

加護中心外，雙眼浮腫的悅雪問道：「請問是黃伯父黃伯母嗎？」

「是，是，請問你是……？」

「我是他的同事林悅雪。」

黃伯父慌張問：「你趕緊告訴我們皓鈞發生什麼事了。」他覺得面前女子有些眼熟，忘了是在哪見過，但當務之急乃是兒子的病況。

「皓鈞他……我因為辦一場活動被黑道盯上，被挾持到頂樓，皓鈞為了救我被不良少年打傷，腦出血。」看著皓鈞父母焦急神色，她更加愧疚，眼一紅。

「怎麼會這樣……」黃伯母再也忍不住擔憂，眼淚潰堤。

「那……要不要緊？」黃伯父兩眼發愣。

「醫生說要觀察幾天再決定是否需要手術。對不起，要不是因為我。」悅雪鞠躬道歉。

半晌，黃伯父整頓思緒後說道：「不是你的錯，我想皓鈞這麼做有他的理由。」

對方越是明理寬宏大量，悅雪反而更覺愧歉，眼淚開始撲簌簌地流下。

身旁的沛然趕緊出面緩衝情緒，她說：「好了，待會就到加護病房的會客時間，我們先坐下來，你也別淨流眼淚，平時那麼理性，別慌，我們想想以後要怎麼處理。」

一行人便坐在加護病房外的長椅討論後續處理，包含法律途徑、病假休養等。

「不過，我還真沒想到皓鈞會回手呢，那孩子一向溫文儒雅。」黃伯母說。

深思熟慮後，悅雪對皓鈞母親問道：「黃伯母對皓鈞國中生活了解多少呢？」

「這孩子很貼心，身為家中的長子不僅從來不跟弟弟妹妹爭，從小還幫忙顧弟妹，上了國中開始變得沉默，老是苦一張臉，問也不說，那時我忙著顧另外兩隻，也沒空多想，現在你問我皓鈞國中……我才真發現我不懂這孩子。」她苦思，回想不出兒子國中的真正面目。

「他是怕你們傷心吧，他就是這個樣子。」沛然說。

「一個人默默承受這些好辛苦。」悅雪說。

聊著聊著，皓鈞父親忽然驚呼，「我想到你是誰了。」他指著悅雪，「皓鈞房裡有個女孩子照片，是你。」

皓鈞母親也想起，問道：「對，不過那張是……國中的照片，你跟皓鈞，國中就認識？」

「我跟皓鈞確實國中就認識，」悅雪想了想，既然皓鈞不想讓父母擔憂，她也不便戳破。「他是個很勇敢的人，見義勇為，只是有時候，也需要別人關心。」

七點整，走廊廣播著加護病房會客規則，因訪客限制一次只能兩個人，探病也只有一小時，所以皓鈞的父母先換隔離衣入內。

待已不見皓鈞父母蹤影後，沛然說道：「這下子怎麼辦呢？大仁哥真情流露，英雄救美，你騎虎難下。」

「我也不知道，但……現階段先不要刺激他吧。」

一名西裝革履的男子步出電梯，偉岸外表吸引不少注目，走廊上傳來的竊竊私語拉回她們的注意力。

沛然手肘撞向悅雪，略帶促狹說道：「才剛說皓鈞，看看是誰來了。」

悅雪先是一愣，直直低著頭看腳下，一雙深棕色皮鞋踏進她的目光中，並傳來熟悉富有磁性的聲音。

「方便借一步說話嗎？」前田光雙手插口袋站在她面前。

她點點頭，在眾人的注目下偕同前田光離去。

他們並肩走在醫院一樓的中庭花園裡。初夏的傍晚夜色正美，天上一輪銀月如鉤，暈黃月光照耀在鵝卵石鋪成的幽徑上，晚風徐徐揉雜桂花香。

溫度宜人的夜晚正適合情侶散步，可惜眼前絕佳良辰美景，因兩人各自心有所擾，並無暇全心全意品賞。

前田光率先打破沉默，說道：「真想不到發生這種事。」

百密必有一疏，即使他是這麼盡心在外守候，沒想到輸在結尾，一群小毛頭跟蹤悅雪到餐廳。

「是我害了皓鈞。我太任性，自以為做自己想做的事，卻沒顧慮到旁人的安危。」她頭低低，神情落寞。

「雖然我常和黃記者吵架，但我知道他是個好人。這件事不是你的錯，我想黃記者也不會怪你，更何況……他喜歡你吧！」他說。

悅雪停住腳步，自責道：「我情願他不要喜歡我，這樣就不會發生這種事，我只是個掃把星，有勇無謀的笨蛋！」

前田光走至悅雪面前，直視著她，「你不要說這種話，每個人行為都是有選擇權，他做出他的選擇，又不是誰拿槍逼他。」

悅雪搖搖頭，今天承受的壓力再次潰堤，她淚眼汪汪地說：「但要不是我，他不會走上頂樓，不會被人襲擊打到腦出血。你其實也覺得我很傻吧，要幫人出聲，也不掂掂斤兩，拖人下水，搞到他腦出血，我跟害人精沒兩樣，我的父母一定是被我剋死。」

「你在說什麼！」前田光喝止她繼續自責，他上前抱住她，心疼地說：「你是我認識女孩中最勇敢，甚至遠勝於我。就因為這份勇敢，才讓身旁的人找到希望，我想黃記者也是這麼想，才會決心幫助你。」

事發後第一次有人這樣安慰她，眼淚反而不可抑阻地流出，她啜泣道：「我勇敢？我其實懦弱地可以，看起來勇敢只是因為我別無選擇，我從小就知道如果不為自己出頭就不會有人幫我，我就這樣別無選擇長大，看見別人痛苦才會想拉一把，卻忘了能力有限，害到身旁的人。」

他輕拍她的背，皺著眉說道：「這就是很可貴的東西，人受的苦難多了有時難免憤世嫉俗，恨不得全天下的人都跟自己一樣苦難才覺公平，但能不被憤恨蒙塵，保持晶瑩剔透的心才是最珍貴。你做的很好，如果我早一步，或我可以，我絕對不會讓這種事發生！」縱橫商場多年，處事謹慎小心處處防備，讓他幾乎快忘了揪心的感覺，直到見到她的眼淚。

不被憤恨蒙塵，保持晶瑩剔透的心才是最珍貴……這句話有些熟悉，好像有誰也曾情意綿綿對她訴說過，她抬起頭來看著前田光。

清脆的水晶鋼琴鈴聲響起，她輕輕推開前田光接起手機。

「好好，是，我過去。」她掛上電話，破涕為笑說：「皓鈞清醒了要見我，我先回去。」

前田光點頭，目送她回去。

待眼裡的落寞散去，換成陰鷙後，他撥通手機，說道：「曉若，不僅是警察局，查一下牛哥屬於哪一個黑道管轄地，全都不要放過。」

第七章　幸福的極光

1

她看著皓鈞頭上纏著一層層的紗布愣了愣，隨後皺起眉頭來，以略帶乾啞的聲音問：「還好嗎？哪裡不舒服？」

「沒什麼，就頭有點痛，縫了五針，不知道那塊頭皮以後還會不會長頭髮？我不會變禿頭吧？到時候學姊更不喜歡我。」他自嘲乾笑著，接著說：「我很快就回去上班。學姊那天……還好嗎？」

「我沒事，你倒下後他們就跑了，之後交給警方，你該好好休養才是，別再煩惱那些事，什麼話以後再說。」她倒了杯水給皓鈞。

他小口小口喝下，苦笑道：「學姊，別放在心上，也別自責。是我自己想到不開心事情。我以為我忘了，沒想到一模一樣場景出現時我又陷下去。」

她坐在床側，目光怔忡，遙想昔日，不只是國中的皓鈞，還有年幼失怙孤單的自己，「我不喜歡說什麼雞湯文，但……人活的越久，身上的傷痕就越多，這並不只是痛苦留下的痕跡，而是種紀錄。當下必然很痛苦，但多年後再回想，就只是一個階段，苦難只會是生命的片段，不會是全部。」

回想過往種種，他感慨地說：「我真羨慕勇敢的人。」

悅雪靜靜聆聽，柔聲說：「皓鈞，你也很勇敢，你順利長大，然後有一份穩定工作，有能力去幫助別人，沒有因為受傷而變得懦弱，或去殘害比你弱小的人。」

「但我想做的事我其實一直沒有勇氣去做。」

她睜大眼睛問道：「想做的事？」安穩平實的皓鈞有什麼夢想。

「秘密。」他笑了，受傷後第一次放開心胸的微笑，「現在叫我說我會害羞，因為離完成夢想的目標還差太遠，我還需要很多的勇氣。」

「那一定是個很好的夢想，因為你光說夢想兩個字就笑了。」

他露出小鹿斑比般無辜的眼神看她，問道：「那學姊，可以陪著我實現夢想嗎？」

她微笑，點點頭，藏住內心遲疑，現在皓鈞需要她。

他戰戰兢兢地握住她的手，像握住易碎的琉璃般輕巧，深怕捏碎。

會客時間結束後，悅雪脫下隔離衣走出病室，門外皓鈞的父母臉上堆滿友善的笑容，知道這女孩在兒子心中佔極大份量。

皓鈞母親笑吟吟說：「所以……你跟皓鈞真的有緣，國中學姊弟，畢業又同一間雜誌社上班。」

皓鈞父親打量悅雪後也覺格外順心，笑道：「林小姐看起來真年輕，像大學生一樣。以後皓鈞在台北要多麻煩你照顧。」

「咳咳……」沛然幾聲咳嗽聲打斷黃伯母對話。「悅雪，我們該回雜誌社。」

悅雪點點頭，「那……黃伯父伯母，我們改天見。」她禮貌道別。

待悅雪和沛然離去後，皓鈞母親先行說道：「這女孩子看起來很乖呢。」

「你別嚇著人家。」

兩人走出醫院後，沛然嘆口氣說道：「你看……越來越複雜，你跟皓鈞，這下說也說不清。」

「發生這種事，現在他正需要我，我總不能一腳踢開。」悅雪說。

沛然規勸：「假裝下去嗎？同情、親情、感動都不是愛情。明眼人都知道你不喜歡皓鈞，你到時要怎麼收尾？你怎麼樣不傷害他？說當時是因為你要養病？因為同情？那種話讓人更難受。」

這些話讓她愣了愣，她說：「我不是假裝，而是……皓鈞需要時間。」

「是他需要時間還是你需要時間？你不敢拒絕，一再給越多期望，對方失望更大。你最好想清楚自己的感情，單純為自己，勇敢去選擇，才不會後悔。」

她無言以對，覺得自己根本不如外界所說的勇敢。

經過五天觀察，皓鈞脫離險境，順利從加護病房轉到普通病房。皓鈞父親因工作提前回高雄，母親留下照顧起這曾被她忽略的長子，像要補償過去般地，將母愛全灌注而下。

而悅雪每天下班便直往醫院走，無形中也跟著黃伯母熟稔起來。皓鈞母親純樸熱情，從旁得知悅雪身世後更心疼不得了，當然她確實也是打從心裡喜歡悅雪。

如往常探病，她在病室外便聽到皓鈞與母親的對話，她羨慕看著病室內母子的互動。

「媽，我真的吃不下，一天六餐跟養豬沒兩樣，那些補品拿回去給爸吃，我只是外傷，不要搞得跟坐月子一樣。」

「你不懂，吃腦補腦，你是被打到頭耶，以後變獃子怎麼辦？」想起醫生解釋腦出血的危險性，更覺心疼，又多舀一匙白色塊狀物體放他碗裡。

「吃腦不會補腦啦！等一下，你不會說剛剛那碗湯是豬腦吧？我快吐了，我還以為是豆腐湯。」

「你不要人在福中不知福……啊，是悅雪來了，快過來坐，我早上去市場買了好多豬腦，煮一大鍋豬腦湯，你要不要嚐嚐？」見悅雪清純可人的模樣，覺得跟兒子也是般配。

皓鈞母親廚藝了得，但她早已在門口聽見豬腦湯三字，打了個冷顫。

她微笑說道：「我剛吃飽，不餓……對了，怎麼這麼多養生產品。」她環視床旁桌、陪病椅上堆疊的一盒盒補品。

「就什麼前田集團，說是雜誌社的股東，要送給員工東西，一大早搬來超多盒。」黃伯母回答後，撿起一盒濃縮人蔘精華問道：「這不便宜吧。」

想不到愛跟皓鈞鬥嘴的他也有貼心一面，她點點頭。

皓鈞蠻不在乎說：「送這些也不知道是什麼意思。我倒希望……以後不要有什麼瓜葛。」前田光那人氣場太強，很難不引旁人注目，再加上三番兩次出現在學姊周圍，他直覺前田光定有所求。要不是〈雪地的月光〉需要依靠前田集團人脈資料，他定早早阻斷學姊與他聯絡。他補充道：「當然等用清楚畫的謎底後。」

悅雪聞言心中五味雜陳，截至目前為止，大多時候前田光主動聯繫主要因為〈雪地的月光〉，甚少談及私事，或許兩人間關係也只剩畫。

她說：「前天執行長打來，說資料顯示畫師最後去了台南，預計月底南下。」

皓鈞說道：「那剛好等我出院，我陪學姊一起去。」

「那等你出院再說。」自從發生襲擊事件，悅雪格外小心避免刺激皓鈞。

「說到這裡，那幾個流氓居然自首，連背後什麼牛哥、生技公司高層幹部都出面道歉，現在人不知道在想什麼，早知如此何必當初。」皓鈞母親邊剝橘子邊說。

悅雪將陪病椅挪出位置後坐下，她隱約覺得有人默默幫了一把，但又不是那麼肯定，她想起那個愛惡作劇，說話又高調的男子，他驕傲的微笑，總帶幾分睥睨的味道。

皓鈞看著她低眉歛首的表情，隱隱惴惴不安，也許有幾分自私，但他希望，前田光能消逝在他們生活圈。

2

沉靜的高鐵車廂內，艙門上方顯示時速兩百八十五公里，車外景物飛快，高樓林立的都市景色轉瞬成為綠油油稻田。

悅雪坐在深紫色的坐椅上略顯侷促不安，這氣氛也太詭異，她、曉若、皓鈞、前田光聚集在同一個車廂內，座椅還旋轉一百八十度，彼此面對面。

從一上車，前田光便一直用著奇妙地眼神看著面前的不速之客——黃皓鈞。

「你要看到什麼時候？」皓鈞挪了挪身體調整姿勢問道。

「我只是關心黃記者，觀察傷勢而已。」那看似關懷的眼神，卻略帶敵意，叫人渾身起雞皮疙瘩。

悅雪忙打圓場，提醒前田光，「他是病人……」

前田光將眼光移向悅雪說：「正因為是病人應該好好休息，如果有需要我可聘請特別護士照料，這點你不用煩惱。」並拋出一個如沐春風的微笑。

悅雪臉一紅，一陣子不見，怎覺得前田光有點不一樣，怎麼說……侵略感更強？

見悅雪臉紅的反應皓鈞頗不是滋味，前田光居然使出美男計，對學姊猛送秋波，他連忙道：「雖然我受傷，但保護學姊是我的義務。」

前田光眼睛仍直盯著悅雪，回應道：「義務？小雪跟著我是最安全，我不會讓任何人傷害她。」

悅雪噗嗤一聲，被口中的咖啡嗆到，咳了幾聲後問：「誰……誰是小雪？」

前田光優雅拿出Burberry手帕，迅速擦去她手上潑灑出的咖啡渣，「小心啊。不叫小雪，難不成用日本人暱稱，ゆきちゃん？」

「那還是小雪好了。」「這……謝謝。這手帕我之後洗完還你。」不習慣如此親膩的舉動，悅雪趕緊奪下手帕。

「你一輩子留著都沒關係。」

坐在悅雪身旁的曉若眼睛睜得大大，不太相信執行長會說這種話。

不好，前田光來勢洶洶，亂叫學姊暱稱，學姊居然毫不在意。皓鈞趕緊手撫著頭喊：「唉呀，頭好痛。」

悅雪趕緊湊向皓鈞面前，關切問到：「怎麼了？」

皓鈞將身子傾向悅雪，皺著一張臉更顯可憐，他說：「突然頭好痛。」

悅雪以責怪眼神掃向前田光。

前田光眼角餘光覷見皓鈞的嘴角揚起，心裡咒罵苦肉計，縫線傷口明明在右側手卻撫左側。他臉上僵著笑說：「所以我說，黃記者要多休息。」

曉若決定轉移話題以緩頰，她邊打開公事包邊說道：「待會下車後我們先拜訪台南國小的退休校長，古谷畫師在一九四六年曾在這所學校任職過兩個月。」隨即分發給每人一份A4大小的資料夾。

悅雪翻開資料夾，第一頁便讓她震驚不已，她蹙眉觀看，緩緩消化紙上的資訊，夢中畫師的面孔由模糊逐漸轉為清晰。

第一頁印著職員基本資料，右上角是一張泛黃模糊照片，但仍可辨別出是一張好看的臉；金絲邊框眼鏡下白淨的臉，兩道劍眉微微揚起，眼神是一泓平靜無波的潭，高聳鼻樑，而像是極少拍照般，照片男子面對鏡頭略微害羞，嘴角不自然揚起。

曉若見悅雪看得出神，便問：「林記者還好嗎？」

「沒事，我只是太訝異，居然見到本人照片。」她手指輕畫過影印的照片，照片中的人給她極大熟悉感，彷彿聽見他溫柔的話語，如棉絮般輕飄撫慰著。

她凝視照片，車廂列車行進晃動著，叩叩叩的車輪聲響迴盪著，當她再次抬起頭，車窗因水氣而朦朧，窗外景色氤氳迷離，但依稀可見一片火紅的鳳凰花開。

腦中突然閃過幾個畫面。

「台南驛快到了，會冷嗎？」耳邊傳來男子說著日語。
她沒學過日文，但就像在夢境一樣，她懂得對方話中含意，甚至有個陌生細軟的女聲自自己口中傳出：「我不冷，老師辛苦了。紅色的花開得好漂亮，老師，改天來車站作畫吧。」
男子點頭，輕柔地撫去女子髮梢上沾濕的雨滴，「辛苦月檀小姐，跟著我過苦日子。」
女子搖搖頭，水汪汪的眼睛瞇成弦月狀，微笑說著：「這是我人生最幸福的時候，感覺……終於擁有自己的人生。」
他們相視而笑，眼裡閃爍著光芒，是對未來的期望和對愛情的堅定。
女子緊抱懷裡的布包，從棄嬰、養女，到風華絕代的藝旦，縱使失了錦衣玉食，現下一身粗布衣裳，盤纏僅幾件首飾，心裡卻有前所未見的滿足感。
她滿懷希望想著，到了台南州，換個新名字，好好過新生活，找份踏實平穩工作，找回她人生的主導權。
窗外驛站那一襲鳳凰花鋪成的紅毯就像是歡迎他們，她望著車窗微笑。
長相守，貧富不移，鳳凰花下，畫架前，亂世的約定卻是她人生最幸福的片刻。
「林記者？」
「小雪？」

「學姊，該下車。」

這些突然竄出的片段讓她出了神，直到台南站被喚回，她發現所有人不約而同望著她。她乾笑道：「對不起，剛恍神了。」她撥了撥凌亂頭髮，跟著下車。

走出車站時，提前訂好的九人座接駁車早在高鐵外等候，四人魚貫進入車廂，直接驅車前往退休校長居所，預計晚上再回飯店休息。

車窗外沿路的鳳凰花一片火紅，如吐露鮮血般以燃盡生命之姿綻放。

眼前美景使悅雪忍不住搖下車窗，癡迷地讚嘆：「鳳凰花開的真漂亮。」

前座的司機是個在地人，得意回道：「是啊，鳳凰木可是台南市樹。聽我外公說台灣的鳳凰木是日治時代引進的。當時日本人為了提高甘蔗量，派人去非洲尋找能抗病蟲強健的甘蔗種，到了馬達加斯加卻徹底被艷麗的鳳凰木給迷住，最後帶回鳳凰木。台南可是最早引進鳳凰木，當時到處都是鳳凰木，所以又稱鳳凰城。」

「不過，過去的鳳凰花更多吧，像一整片紅毯。」悅雪說道。

「瞧你這麼年輕，也知道鳳凰木曾植滿台南。聽外公說啊，早期車站那一區叫大正町，全都是鳳凰木，可惜後來因為道路拓寬和開發都被移除了。」

這不就是滄海桑田、物換星移嗎？她心裡燃起一絲感傷之情。

「曉若，你剛說古谷在台南只待兩個月。那後來？」皓鈞問道。

曉若翻著資料，「目前線索只到這裡，古谷後來回日本，這段愛情最終結束在台南。」

「那個時代，人很難抵抗命運吧。」皓鈞說。

前田光：「是不簡單，但不去衝撞是不會死心，努力後的失敗剩過什麼都不做的投降。」他轉頭看向悅雪，「現在想來真不可思議，你從小做的夢，夢中人全確有其人，然後我們一個個被牽扯進來。」他不相信超自然力量，卻隱約感覺冥冥中有條絲線串連彼此。

悅雪則看著車窗外，淡淡說：「待會我們就可以知道答案。」

車停駛在田間的路旁，綠油油的稻田中矗立一幢獨棟透天別墅，陳校長早早聽見車聲便在門口等待迎接。

上周接到前田集團執行長特助的來電讓他受寵若驚，自己做過幾年校長，但早已退休多年，再加上年事已高，同輩多歸天作古，晚輩也逐漸忘了他，居然還有人特地南下探究一甲子前短暫任職的日本教師，說到這個教師他還心有餘悸。

雖是獨棟別墅，但室內裝潢樸素，老舊的沙發和墨綠長方桌，幾張藤椅。陳校長夫人端上茶水後，一行人簡短地自我介紹和表明目的。

「真沒想到那麼久的事情也會有人感興趣呢。」聽完來意後陳校長笑道。「古谷老師雖然只待兩個月，但發生的事也轟動一時，事後很多人都問我怎麼會用日籍職員，造成那麼大風波。」

「那你又怎麼會認識他呢？」皓鈞問。

陳校長回想，「當時光復後日本人大多回國，留下來的日本人也不好過，畢竟五十年的殖民時光多少有不對等的待遇，多數台灣人對日本人並非友善。而古谷老師……是留下來的一個，在美術協會的朋友請託下，我讓他到本校擔任代課美術老師一職。他留下來的原因沒多說，但我猜是因為他太太，他太太是台灣人。」

「太太？」

想到多年前軼聞趣事，陳校長拍了大腿一下笑說：「喔，是啊，古谷老師雖是日本人，但長得眉清目秀，彬彬有禮，到職後有不少單身女老師傾心，可惜啊，很快大家就聽說他有太太啦。有些女老師不甘心還跑到西門市場布行裡特意看他太太，看到後便死心，聽說是個大美人。我啊，見過一次，真令人印象深刻。」

3

月檀撕去牆上的日曆，她開始對飛逝如流水的時間感到懼怕。

又一天過去，從不覺得玩歲愒日有什麼不妥，人生到頭還不就是死，但現在每撕去一頁日曆都讓她心慌；幸福的時間格外珍貴，認真踏實的每一秒都遠勝終日恍惚。

那晚告別王醫師後，她和老師趁天未亮急急搭車南下，一番車舟勞頓後抵達台南驛，先在驛前找了間廉價旅社安頓。

逃離的路途上草木皆兵，任何人多看她一眼都讓她心生懼怕，心驚膽顫想著滿姨一定會派人捉她，畢竟這麼多年滿姨對待逃跑藝旦的殘忍手段她也見識不少，打罵轉賣囚禁，樣樣將人折磨不成人形。

她真的別無選擇，贖身太難，又無法忍受賣笑遭人輕賤的日子。人生如此短暫，她不想在藝旦間裡終老，更不想步上滿姨的後塵，靠養女皮肉吃飯；她渴望有自己人生，那怕貧困，起碼也是自己走出來的路。

在旅社內，古谷心疼地看著因雨水漫溼而全身哆嗦的她，反覆用手帕為她暖手，對著她的手哈氣，皺眉說著：「你怎麼這麼傻，跟著我吃苦呢？」

她盈盈一笑，眼裡滿懷情意。她對他說：「你是這世界上對我最好的人。」接著雙手捧住他的手，輕靠自己臉龐，感受情人心疼的體溫，幸福原來是這樣容易。

他輕嘆一口氣，將她摟入懷中，一同聽雨聲，等待雨停的時刻。

第一藝旦、花魁盛名在外又如何，還不都是過往雲煙，酒樓裡的客人只在乎她的美貌才藝，滿姨只計較錢財珠寶，誰問過她想要什麼要的生活過？倒是老師帶著自己何嘗不也在吃苦呢？堂堂一個府展畫師，帶著藝旦偷偷摸摸到台南，拿著一張推薦信到國小謀事，幸好校方挪了個代課老師位置給他，在同事介紹下在西門町四丁目覓了個居所。

如果可以，她所求也只是往後在這鳳凰城裡安然度日，歲月靜好。

過了一星期，他們找到學校附近的租屋處，雖然無法與藝旦間二樓的雅室相比，卻扎扎實實多了份人味。她環視周圍；碎花的窗簾是自己親手裁切，房間中央的木桌則是老師組裝，破舊櫥櫃裡是他們的碗筷；柴油米飯醬醋茶，鍋碗瓢盆，全都是兩人珍貴的回憶。

看了看時鐘，她想起老師今早出門前提醒今晚要早點下班時那神秘兮兮的模樣，她滿心雀躍，趕緊換上細藍格子的洋服出門。

一九四六年的西市場是南台灣最大商圈，除吃食魚肉蔬菜乾貨外，旁側的末廣町更有「台南銀座」之稱，商家、戲院繁盛可見一斑。末廣町裡有間布莊占地雖不大，但從店面透明櫥窗向內望便可見琳瑯滿目各色的舶來品花布，而門口擺放的木製模特兒則展示最摩登的洋服，讓每個經過的女孩駐足觀望。

當然，最受人注目是新來的店員，本身就是個活招牌，容貌穿著談吐不俗外，看布、看客人的功力更是一流。她能迅速抓住客人喜好，從不強力推銷，而隨意揀選的花色不僅一下就打中客人的心，對時尚品味極佳，什麼花色該裁切成什麼樣式，照她的話準能做出最摩登的洋裝和旗袍。

「這塊料子是透氣純棉製，淡藍花色清爽宜人，很適合做夏衫，可以仿造最新一期的

《婦人畫報》，做成有蓬蓬袖圓領的洋裝也很可愛，也很陪襯你現在手上的白色手袋。」說著，月檀從桌面下拿出一本日本雜誌，隨手翻至早貼上標籤記號的一頁。

婦人翻了翻雜誌，點頭說：「好，給我五呎。」她極為滿意，連價碼問都不問，接著她打量店員後問：「你身上穿的洋服是哪買的？」

月檀點頭笑道：「布料是店內，連裁縫也是布莊內的，如果客人你要的話，你買布，版型不收費。」

美婦眼睛一亮，二話不說點頭，同時訂下兩款布料後，便直接走上二樓的裁縫間。

櫃台的老闆娘算完了錢，走向月檀，殷勤笑道：「曉蘭啊，要不要先喝口水休息，真多虧了你，生意變真好，光你身上穿的衣服都有人問，比外面模特兒穿得還漂亮。」

「哪裡，是老闆娘眼光好，進了好料子好花色，客人看了都喜歡。」她客氣說道。

老闆娘笑得合不攏嘴，「這麼會說話，日文、台語、國語都說得流利，眼光又那麼準，品味那麼好，真不知從哪學。」

這句恭維反讓她心一沉，隨即笑說：「唉唷，我只是愛看日本服裝雜誌而已，看久了……自然會懂。」她避重就輕，萬不可露出馬腳。

藝旦的經歷培養出她的好口條、品味、察言觀色的能力，但萬事起頭難，在布莊工作她也是下一番苦心，紙條滿滿註記布料成色、尺碼計算、剪裁方法，每周跟老闆娘借回的服裝雜誌上亦貼滿不少記號。

想到老師，她接著說：「老闆娘，我今天可不可以提早走，家裡有事。」

「當然可以。對了，下周貨輪要到，你跟我一起去學挑料子和談價。」老闆娘親暱拍拍她的肩。對於這新來肯學又勤快的店員，她打算好好栽培。

月檀點點頭，重新整理剛攤開的布料。

初秋的落日來得較早，傍晚五點的天空已染上淡橘色，餘暉照出她長長的身影，她踏著輕巧的步伐從末廣町一路到古谷任職的台南國小校門外，對於學生和教師們好奇打量的眼光她早已習慣。

她轉動腳踝以緩解久站後的小腿肚痠痛，已經不能再像過往隨意乘坐黃包車，現在寧願多走一段路省下車錢，好充裕下周的菜餚。所幸從小到大多數時她人緣極佳，幼時去溪邊浣衣都有大娘給她饅頭，今天喜愛她的老闆娘還硬塞兩顆包子在她手袋內。

「等很久嗎？」古谷遠遠見月檀身影，氣喘呼呼跑來。

「沒有，你看，老闆娘給我的包子，還熱騰騰的呢。」她笑吟吟地遞上仍冒著煙的包子。

「好在是老闆娘，不是老闆，不然我可要吃醋。」古谷笑著接過包子。

兩人決定趁熱吃包子，遂坐在路旁的長椅吃了起來。

「今天工作辛苦嗎？」古谷問。

「有點，不過賣了幾批布，老闆娘很開心，看來她很喜歡我，說下禮拜跟她一起去挑布料。」她說道，一臉滿足吃著包子。

他用手帕抹去她嘴角的油漬，說道：「當然，我們月檀最認真，誰不喜歡呢。」她與老師相視而笑。看似艱苦貧困的生活，怎會是這樣的幸福呢？口中溫熱的肉包，溫柔的眼前人。

吃完了包子，擦過手後，她又再問起：「我們到底要去哪？」

古谷故作神秘，食指靠向嘴唇，做出噤聲手勢，眼裡是少見的淘氣。

老師今天好奇怪，不過她也只能亦趨亦步跟隨在他身後，兩人一路走進喧囂的大正町，最後停在古樸泛黃的招牌前。

「寫真館？」她驚呼，現在拍一張照也要不少錢，他們倆哪來的錢呢？

古谷問道：「之前你不說想要一起拍照嗎？」

「可是……錢呢？」

「這你別擔心，我最近賣了一幅畫。」他老神在在，奢華日子他或許給不起，但光靠才藝換得溫飽他還有自信。

她踟躕不前，囁嚅著：「可是……如果有錢，應該先要……」她老早就想跟老師合照。每當經過寫真館前都忍不住多看幾眼，布莊的其他店員說過婚紗照，每天時尚雜誌的漂亮模特兒照片，她也想擁有，但如果有錢應該先買老師的畫具，當初逃離台北州時並沒帶很多東西。

古谷推開寫真館大門，回頭對她說：「雖然現在錢不多，但會越來越好。如果連讓你拍張照，開心一下都做不到我會內疚。」

她點點頭，兩人走進寫真館，櫃台人員打過招呼後便領著她到鏡子前梳理。

「你太太真是漂亮，不需要什麼打扮就耀眼。」寫真館師傅發自內心讚美。

他毫不遮掩得意說：「是啊，她不僅漂亮，人也很善良。」

月櫰聞言回視一笑，接著兩人一同踏進二樓的攝影室內，她坐在古樸的木製椅上，古谷則站於她身側，一手搭在椅背上。

師傅喊著一、二、三，亮光一閃燦爛如星光，將兩人的微笑鎖進黑白照片裡。

古谷突然想起師範學校裡本島教師談起中國《詩經》裡的一段話「得妻如此，夫復何求」，他終於領略其含意。

4

台南州新町的貸座敷內，一名女子對鏡梳妝，粗糙的手一筆一畫勾勒著唇型，奈何俗艷的紅唇配上粗黑眼線，和爬滿細紋的整張臉孔，再怎樣精心塗抹也遮掩不去歲月滄桑。

黝黑福態的老鴇走進她身側，不滿地搶下她手中唇膏，說道：「月桃，你別坐在這偷懶，出門去找客人。」

「我不先打理好門面，怎麼會有客人。」月桃悻悻然奪回唇膏，又噘起嘴來塗抹一番。

另一名年輕女子倚門笑道：「你坐在這裡再久，也不會有人點你，看看你這模樣，還不如去外面攬客降價求售算了，大拍賣。」說完還不忘發出幾聲誇張的尖銳笑聲。

月桃面目扭曲，鼻孔放大，轉頭大罵：「你算老幾，跑到這說三道四！我來這的時候你還在哪都不知道，我從前可是藝旦，能詩能彈。」

女子大笑：「可你現在呢？我可沒像你這麼傻，一直被男人騙錢，被榨到乾，現在淪落到娼寮！」

照理老鴇應該從中協調，但月桃確實年華老去生意不佳，而年輕女子卻是娼寮的紅牌，她自然也是偏心，連忙道：「月桃，出門去，別在這礙眼，這禮拜就屬你生意最差。」

月桃狠狠瞪向老鴇，但生意不如人，只得起身出門。

走出貸座敷後，彷彿還聽見身後女子大聲嘲笑：「站遠點，別讓人誤會這裡每個人跟你一樣貨色。」路邊攬客的鶯鶯燕燕亦回頭嗤笑。

她咬牙切齒，表情猙獰，頭也不回走開，一邊走，眼淚一邊默默流下。

她又能如何呢，年輕時確實有幾分姿色，幫滿姨賺了不少，也有過一陣風光時日，要不是自己癡心妄想，少女懷春，聽信米商富家子成毅的滿嘴謊言，什麼不捨得自己再當藝旦，自己才犯傻跟他逃跑，結果中途被逮住，滿姨盛怒之下把她轉賣到台南州貸座敷，淪為土娼，而成毅……彷彿人間蒸發般消失。

成了土娼後又遇見過幾個客人，滿嘴天花亂墜的情話，全都是垃圾，請她投資幫忙開店，賺了錢會為她贖身，結果是騙錢吃喝嫖賭去！害得其他娼妓沒事就愛嘲弄自己，句句椎心刺骨，卻無力反駁。

她沿路咒罵，罵滿姨、罵成毅、罵客人、罵老鴇、罵娼妓、罵路人等，每個人都該死，憑什麼最落魄是自己。

直至一幅黑白相片吸引她的目光。

這……不是月檀嗎……笑得如此燦爛，身旁還有個俊俏少年，兩人拍照的親暱姿態似乎是結婚照。

她走進寫真館問：「請問……門口的相片是？那女孩子好漂亮。」

櫃台店員用眼角餘光打量她後，馬上不耐煩回說：「是客人拍照，人家可是先生娘，正經人家。」

月桃心一酸，感受到店員話中濃厚的鄙視感，默默走出寫真館。

她忽然滿姨嘴裡常掛著「心比天高，命比紙薄」，難道別人的命真比自己厚？滿懷惡意的妒忌油然升起，讓她的面孔更加醜陋扭曲。

5

月檀小心翼翼捧著湯碗靠向床側。

「老師，喝雞湯。」她一匙一匙舀起雞湯，餵古谷喝下。

古谷吞下湯汁後，「咳……別煩惱了，我休息一下就好。這雞湯……哪來的錢呢？」

月檀心虛道：「我將首飾先當了。」

古谷心疼道：「一直攜帶在身上，一定是很喜歡的吧，等我好了趕快工作，幫你贖回來。」

「老師別想這麼多，那些東西一點都不重要，你好好養病，錢……你不用煩惱，老闆娘也喜歡我，說不定下個月又要加薪！」她強擠出微笑，裝成若無其事，試圖讓老師放心。

待古谷喝完湯後，月檀細心為古谷調整好舒適臥姿，拉齊被褥。

才工作近兩個月，布莊老闆娘破例給自己加薪兩次，但錢仍只夠支付吃食租金，這雞湯、藥錢，全是靠過去僅剩為數不多的首飾典當和借款而來，明天抓藥勢必又要一筆錢。

算了算荷包裡的銀行券，憂心覷了床上孱弱的老師一眼，心想咬著牙總會撐過去，不過就是淋雨後一場感冒，老師年輕，一定很快就會好。

「月檀跟著我吃苦……」古谷眉頭深鎖，喃喃說著，蒼白的臉冒著汗。

她走進一看，用毛巾輕柔擦去古谷臉上的汗水，直到聽見均勻的呼吸聲才放心。

正當她要關窗時，卻聽見門口劇烈的敲門聲和雜亂跫音。

「誰啊？」她喊道。

沒有聲音。接著又一陣碰碰碰——越敲越急，逼近撞擊聲。

她起身靠近門口，心有顧忌不敢直接開門，未料到門轟一聲被撞開。

「原來你在這，沒良心！」滿姨破口大罵，啪一聲巴掌落下，她還來不及反應，整個人摔倒在地。

古谷聞聲被驚醒，起身威嚇道：「誰？做什麼？」

滿姨身後領著三個大漢，有原本藝旦間的守門，有到台南才雇請的地痞，但全兇神惡煞狀，一看便知絕非善類。

其中一名大漢面露凶光喊道：「兇什麼兇，都光復了，還以為是日本人天下？」他氣勢洶洶，一腳跨進臥室。

趴在地上月檀強忍臉頰上赤騰騰的痛楚，趕緊抓住大漢的腳，懇求道：「有什麼事外面說，別傷害老師。」

想到搖錢樹被日本人拐跑，這兩個月收入銳減已讓滿姨怒不可竭，現在月檀趴在這間破屋地上的窩囊樣，更讓她怒火中燒。她向前一腳踢開她的手，罵道：「進去打死那日本人，好讓你死了這條心，敢給我跑，你這輩子都欠我的！」

於是兩位彪形大漢走進臥室，將古谷拖下床，一陣拳打腳踢。

古谷本就是文人，現又發著高燒，根本毫無反擊之力，整個人像顆軟枕頭般一踹就飛到牆角，不消幾下，他只剩半條命，但即便嘴角淌著血，仍大喊：「你們這是非法擄人！放開她！」

滿姨譏笑道：「笑話，月檀是我買下的人，這輩子就是貨腰娘的命，我養大她，她就是欠我一條命。敢說我擄人，怎麼不說是你這死窮鬼拐走她，還有臉說大話，給我往死裡打。」

大漢聞言更毫不客氣一拳拳落下，過去殖民時代吃過不少日本人的虧，眼前就是個報仇雪恥、出氣的好機會。

看見古谷宛若沙包般被兩人踢來踢去，血濺滿地，月檀聲淚俱下急喊道：「夠了，夠了，會打死他的，我跟你們回去，別再打了。」

「月檀……不要。」硬撐一口氣，古谷說道。他知此去一別，見面難上加難。

大漢一腳踩在古谷頭上，「好樣，還沒死，看不出來這麼命硬。」

月檀傷心欲絕，泣不成聲，她向古谷搖搖頭，跪在滿姨跟前，哀求道：「放過他吧，是我自願跟他走的。」

滿姨抬了抬眼，見月檀低聲下氣，氣也消一大半，但心仍略有不甘，如何讓月檀徹底死心，如果她愛的是畫師才氣，那麼……

滿姨拾起破碎的碗塊，走到古谷面前，尖聲說：「饒他一條命不死可以，但……」說完用力將碎片扎向他的手掌。

她緊閉雙眼，雙手摀住耳朵，大喊道：「不要！是我的錯，是我癡心妄想，是我不死心，是我不自量力，你放過他吧。」如果早知會造成老師的苦難，她寧願遠遠望著他就好；嚮往陽光，享受照拂的溫暖，但千萬不該奢求擁有。

即便古谷痛暈過去，發不出任何痛嚎，大漢卻彷彿玩心正起，不停踩踹著他，無視月檀哀求。

慌亂中，她拾起碎碗的碎片，瞄準自己引以為傲的容貌，威脅道：「放過他，不然我割下去，我看你以後怎麼從我身上撈好處！」說穿滿姨要的不過是這張臉，大不了玉石俱焚，成了無法拾畫筆的畫師和失了美貌的藝旦。

滿姨震驚，月檀手掌心流下鮮血紅的觸目驚心，她知道月檀必定鐵了心，她趕緊勸說道：「好好，你……放下，放下，我們走就好，不為難他……」滿姨使了眼色，跟大漢緩緩退到門口。

「我……說句話就走。」月檀的眼宛若一片荒涼湖泊，不斷淌出死寂的海水。

滿姨不作聲，不屑想著畫師都暈死過去，又能聽見什麼。

月檀用手帕簡易地包紮古谷的手，毛巾拭去他嘴角的血，輕撫過他的臉，輕聲嘆道：「老師，我們跟四季一樣，相戀時就像身處春天，花開繁盛，但怎麼……轉眼就到冬天，而且就此終結，沒有下一個季節。」

最後，她用衣袖擦去眼淚，深情凝視他最後一眼，像要看透看盡他一樣。

「走吧。」滿姨催促著。

兩個月的幸福時光於她，恍若黃粱一夢，夢裡有多幸福，夢醒就有多痛。

第八章　詛咒之畫

1

聽完古谷畫師的故事，眾人臉上一片愁雲慘淡，無言以對。

「唉，古谷後來被房東送到醫院去了，躺了好多天，那時全校的人才知道他貌美如花的妻子真實身分是藝旦。」陳校長喝口茶，回想起六十年前的駭事，他仍需要壓壓驚。

悅雪一臉茫然問道：「那古谷後來去哪呢？」

「他傷勢太重，骨頭斷了好多根，而且發生這種事，就算傷好了心也好不了吧！至於畫……手受傷，雖然還可以執筆，但論筆法細緻度已大不如前，且用色、畫法也跟過往大相逕庭，全是灰暗顏色。後來也無心教學，出院後回學校沒幾天就遞辭呈，他說要回日本。」

「說到這個嘛……你知道那個時代也挺混亂的，東搬西遷用丟不少，但校史室還留有一幅他的畫作，只是不太吉利。」

「不太吉利？」曉若好奇問道。

陳校長神情凝重說：「你們也許不信邪，但那幅畫……那幅畫是他病癒後跟朋友到車站寫生散心，畫作本身很美，但收藏者都不太長命，本來要銷毀，之所以留著是因為前校長很喜愛那幅畫，所以暫放在校史室，一放就幾十年。現在……過了傍晚根本沒人敢去校史室，光那張畫背景就紅得讓你害怕，跟血沒兩樣。唉，古谷怎會畫出那種畫，嚇死人。」

前田光嘲諷道：「怎麼現在還會有人信這種東西？他可能就心情不好畫一幅畫，才沒什麼詛咒意思。」他直覺篤定畫師在妻子離去後並未咒怨他人，只是觸景傷情才拾起畫筆記錄而已。

「你不能這麼說，先前還有錄影機拍到過，真的有個紅衣女鬼！前前校長先把畫放家裡後來中風，再來有個訓導主任拿回家結果從樓梯上滾下來，這畫……真不太乾淨。」

「那如果我們要那幅畫的話？也許我們可以找出畫的謎底。」悅雪問。

「我當然可以幫忙，只是你們要做好心理準備，留畫的人不長命啊。古谷發生這種事，說不定滿懷恨意畫下詛咒。」陳校長光回想到奪命畫作將重現世間就惶惶不安。

前田光篤信科學，向來不迷信，老者的勸戒於他只是個不實謠言，無端挑起眾人恐怖情緒，引起他不滿，於是他脫口，「若真要研究這畫，你過去不敢看，現在應該敢了吧，反正你再活也沒……」

但話還沒說完，嘴就被悅雪白白軟軟的手心堵上。

「那就有勞陳校長，呵呵。」悅雪露出一口貝齒燦笑，無視手掌下前田光嘟囔抗議。

皓鈞眼一沉，學姊向來與他人都維持一定的物理距離，但對前田光，學姊似乎過份親膩。

「是啊，陳校長雖然退休，但想必在學校還是很有威望吧。這幅畫如果對學校不重要，不如借給我們研究研究，也算是為藝術貢獻，前田集團會製作匾額感謝陳校長不遺餘力相助。」打蛇隨棍上，曉若加緊火力灌迷湯。

「日後雜誌專欄報導一定不忘提及陳校長名字，這事……沒有校長你的威望真不行呢。」悅雪笑靨如花。

「那麼多年的畫作，如果還保存良好，正代表著陳校長任內致力維護創作，堪稱文人雅士的典範。」

「多年蒙塵的作品在陳校長保護下露面，我想古谷老師也會感謝校長，陳校長乃惜才之人啊！有遠見。」

「呵呵呵，好說好說。」陳校長撫著肚腩笑道。

兩個女孩一搭一唱，讚揚聲此起彼落，不消三分鐘，把陳校長捧得跟神一樣，陳校長老臉頓時意氣風發，他可是好久沒聽見阿諛奉承的好話，特別又是從貌美的晚輩口中說出，聽著聽著更加倍受用，整個人飄飄然像被灌了氦氣一樣，嘴角笑到快裂到耳邊，拿起手機聯絡。

2

抵達飯店後，曉若先至櫃台辦理入住，其餘三人在大廳等候，各自啜飲迎賓飲料，心內各有打算，故未有交集。

四人的客房都被安排在酒店的十九樓，連續的房號距離僅幾步之隔，待曉若一一分發飯店房間的磁卡，她輕鬆說著：「那我們晚餐見。」

皓鈞提起沙發上的背包，以吃驚口吻問：「什麼？我們要一起吃晚餐？」

「是啊，這樣比較方便，我訂好鐵板燒餐廳的座位。」曉若說。

這時皓鈞才面露得意道：「可是我跟學姊約好要去吃炒鱔魚麵。」他提前布局，早在行前就跟悅雪約定到台南造訪馳名小吃，哪任人搓扁搓圓。

一旁的悅雪點點頭。

「那是什麼？」前田光蹙眉，略有不滿。

「這種小吃店，你們吃不慣的。總之啊，謝謝你們的邀請，明天見。」皓鈞瀟灑晃晃手裡磁卡，提著後背包刷著磁卡進房。

「對不起，我跟皓鈞有約，下次再一起吃飯。」悅雪也跟著道歉，拿著磁卡離去。當初她不是沒有遲疑，只是在皓鈞那雙小鹿斑比眼神的攻勢下，她無從拒絕。

直至兩人都離開他視線後，前田光不悅地對曉若說道：「你看他得意樣子，真討厭。」

「他可佔近水樓台之便呢。」

回房整理行囊後悅雪便下樓與皓鈞一同搭乘計程車前往目的地，但到了店門口卻發現店雖然開著燈，外面卻無一人。

「你說，是『阿勝鱔魚麵』沒錯吧？」悅雪疑惑，這間是兩人先前上網掃過評論選定的小店，昨天還確認過今天有營業。

皓鈞再度覷向手機，「對阿，這裡沒錯，不過裡面怎麼沒有人？不是生意很好。」

「走進去就知道，門口還掛著營業中。」

感應的自動門向兩旁滑開，迎客的輕脆風鈴聲響起，只見小吃店內的傳統紅色圓桌上碗筷擺設整齊，卻絲毫未見任何客人。

兩人發愣，四十歲左右的老闆娘一臉歉意，「不好意思，今天包場，改天再來。」

「包場？這裡沒半個人你說包場？」皓鈞睜大眼望向空蕩蕩座位，難不成是包給陰間使者。

問等老闆娘回覆，轉角傳來曉若招呼聲，「林記者黃記者，真巧。」

「既然是認識，那趕緊坐下。」老闆娘招呼道，引領兩人至包廂。

包廂內，菜餚佈滿桌，曉若和前田光則各據一角。

「一起吃，這麼多菜我們也吃不完呢。」曉若熱情拉著悅雪坐下。

這下悅雪哭笑不得，她想起剛才曉若特地問起她想要吃的餐廳，她脫口而出，沒想到對方動作如此迅速，轉眼就被包場，怪不得老闆娘迷花眼笑，想來所費不貲。

見學姊坐下，皓鈞也不推辭，撿了個離前田光最遠的位置坐下，略帶不悅，「真是巧。」他腦海想起鴻門宴這三個字。

「不巧，我也想來嘗試台灣小吃。」前田光優雅俐落地夾起桌前的炒花枝，手指白皙修長。「我臉上有什麼東西嗎？小雪一直看。」

「喔，沒什麼，我以為你在台灣也待過一陣子，很多東西都吃過。」她趕緊轉移視線，她第一次發現他有雙漂亮的手。

「說來可惜，我很少有機會吃外面小吃，若小雪願意，有機會多帶我走走也是好。」說完將湯匙就口，滴水不落，沒有聲響。

接著曉若為每個人遞上玻璃杯，「今天辛苦了，為台南之行順利乾杯。」並從桌下取出數瓶獺祭二割三分，有備而來。

皓鈞一愣。

「黃記者喝酒嗎?別勉強，」前田光輕笑，舉杯邀約。

悅雪搶先回答：「你別鬧，皓鈞他不會喝酒。」從她認識皓鈞到現在，他幾乎滴酒不沾。

皓鈞原想拒絕，但見前田光睥睨神色，心裡不是滋味，好強改口說：「只怕是你先醉倒。」

「喔?別逞強。」前田光眼神饒富興味，內心卻腹黑想著，黃皓鈞佔盡近水樓台地利之便又如何，貼心護衛的面具在酒醉後說不定不攻自破，更何況，記者跟善於應酬的商人拚酒本就不自量力。

「皓鈞，你不是……」悅雪話來沒來得及說完，皓鈞便跟著前田光一同乾杯。

而曉若早先跟前田光套好招，忙著倒酒，助興喊著：「黃記者好酒量，來來，再接再厲。」

幾杯下肚，只見皓鈞滿臉潮紅，前田光則眼神堅定文風不動。

「你別一直灌他。」

可惜不諳飲酒的皓鈞早已有幾分醉意，不甘示弱喊道：「學姊你別擔心，我才不會輸他。」

悅雪搖搖頭，嘆息。

皓鈞並非孤單，因為現場酒量差不只他。

「酒是治癒身心的良藥啊！」曉若滿臉通紅，邊說邊癡笑，拍著皓鈞的背，「黃記者，你真了不起，聽說你暗戀林記者有三年。」

「豈止三年，我國中就喜歡她，不過怎麼辦呢，人家看不上眼。」皓鈞拍桌，拿起酒瓶倒酒，滿臉苦悶。

前田光嘆口氣，說好讓皓鈞藉酒醉醜態百出，怎變成他的助攻告白大會，他說道：「曉若，好了，該休息。」這是他第一次見識曉若酒量之差程度，與平時細心判若兩人。

曉若聞言不滿地扁嘴，對前田光罵道：「冰塊臉，你懂不懂得什麼是暗戀？」接著無視主管吃驚的表情，她轉頭向皓鈞，「黃記者，我懂你的感受，我欣賞你，你起碼比我更清楚自己的感情，更敢表達，不過啊……感情就是這樣，不愛你就是不愛你。」說完嚎啕大哭起來。

「你別哭，我跟你說，我也好不到哪去，我敢表達也沒用，那麼多年比不上你老闆，學姊她桌面還有你老闆的花邊新聞，她在乎只是不說！」皓鈞酒後一吐苦水。

前田光眼睛為之一亮，轉而向悅雪問道：「小雪，是真的嗎？」

悅雪羞赧到無地自容，回說：「我只是為了寫專欄報導找資料而已。」

曉若搖搖晃晃走向包廂內側，開啟小吃店內的卡拉ok伴唱帶點歌，接著拾起包廂內的麥克風，轉身道：「各位親愛的觀眾，我要向我多年的暗戀告別，獻唱一首沈文程〈暗戀〉。」音樂響起，曉若聲音沙啞帶點破音：「暗暗列思戀你／為何哦你弄不知……

皓鈞一把搶走她的麥克風喊道：「你唱錯了啦！你的台語不標準，是我愛你愛呷吃啊利害，為何你弄不知……」他記得他阿嬤是這樣唱。

曉若不為所動，對前田光破聲喊道：「我說你……冰塊臉，喜歡人家直說，一天到晚問東問西，煩死了。」然後轉身繼續跟皓鈞搶麥克風。

曉若和皓鈞同仇敵愾，唱得全然忘我，歌聲夾雜埋怨與哀淒，宛如杜宇泣血聲聲嘆，台下兩個人聽得臉色一陣青一陣紅，直至精疲力盡才放下麥克風。

曉若和皓鈞醉倒後，前田光一臉哀怨扶著情敵上計程車，曉若也在悅雪的照護下安全回客房。

今晚的曉若和平時精明能幹的模樣截然不同，哭腫雙眼和鼻頭更顯楚楚可憐，悅雪簡單地用熱毛巾擦去淚水和殘妝。

她想著，暗戀是什麼樣滋味呢？心上人近在眼前，卻要壓抑情感，故意說些無關緊要的字眼，人何必自尋煩惱？她的愛情觀乾脆，既然無法在一起又何苦浪費時間，要是她就早早劃分距離，好過日日夜夜掩飾，隱忍愛而不得煎熬吧！正巧此時她的手機鈴聲響起，是前田光。

「睡了嗎？如果不介意要不要到大廳喝一杯？」語氣大方自然，一如他平時。

既然當前睡意全無她便答允了。

其實皓鈞未公然揭露她對前田光的在意前，她早清楚自己的心意。初始她確實真切地討厭過前田光，紈絝子弟、膚淺、誹聞、說話刻毒這些全是她的死穴，但隨著相見次數增加，她對他產生一種熟悉感和依賴，特別在確認是他默默幫忙處理雅筑生技、謎樣的畫，感受到他纖細溫暖的那一面後。

只是，兩人的生活圈差距她無法視而不見。

平日夜晚的大廳酒廊門口羅雀，但今晚吧檯的酒保卻不因生意冷清而頹廢，反倒精神奕奕，並不時以眼神偷覷昏暗角落裡的俊秀男子。

前田光身著清爽的亞麻衫配上卡其褲，褪去西裝的他就像卸下裝甲一樣，少了幾分盛氣凌人，頭髮簡單梳成馬尾，前額隨意垂落幾綹瀏海，讓底下深邃的雙眼更顯迷離，他輕晃紅酒玻璃杯柄以醒酒。

「執行長，晚安。」打過招呼後，悅雪坐在沙發上。

前田光滿臉懇切，俊眸直視悅雪，「抱歉這麼晚打擾你，不過我想為今晚的事道歉。另外，紅酒可以嗎？」

她點頭，一派的輕鬆率真說道：「這件事算是意外，也希望你別放在心上，事後別追究曉若，她只是喝醉。」她知道在日商制度極度重視職級倫理，曉若失控的行為極有可能面臨嚴重懲處。

前田光輕笑，「她是出乎我意料外，我不會怪她，她是無心之過，而且人哪能事事都做到完美理智？人……真傻。」隨後閉眼凝神品味口中的佳釀。

「是啊，真喜歡一個人時後就是犯傻，付出全不管值不值得，可是又有誰能長久不求回報的付出呢？」她啜飲一口紅酒後笑說：「但你可是注重完美細節的前田光呢，做事無懈可擊。」

「我有時候希望我不是，我倒羨慕你，自由。外人羨慕的那些渣滓濁沫於我等同破銅爛鐵，甚至是枷鎖。」他眉頭深鎖，不屑說出。

「羨慕？還有你做不到的事？」她訝異地問。

「今天車上不是說華族之後不為五斗米折腰嗎？其實我時時刻刻都在低頭，對父母、對生活低頭。我過著不是我想要的生活。」他想了又想後接續說：「不過，這世界上又有幾個人過著他們想要的生活呢？」

她略向前傾，「執行長想要過什麼生活？」

前田光略微遲疑，但仍提起勇氣說：「或許你會覺得我很蠢，但我想要當畫家，我不想人生充斥一堆會議、一堆規則、一堆阿諛我詐的算計。你記得初次見面時我跟你爭辯過藝術的價值觀嗎？我其實是贊同你的，我只是想藉由你的口說出那些話，好讓我知道，原來世界上有人想法跟我一樣，我不是唯一做夢的人。小雪，我不想過這種生活。」他想起父親以冷冽交雜嘲諷的眼神看著美術獎盃。

她愕然，她沒想過大名鼎鼎的前田光是這樣不快樂。「為什麼不行？如果你真想去試，就去試啊。」

「身無羈絆的人了無牽掛，擁有許多資源的人反倒要時刻周轉斡旋。華族繁榮全靠緊密的連結互相支撐，我如果任性而為，前田集團出事後，下面數千員工會發生什麼事？他們的家庭呢？」他莫名相信這個女孩，一股腦全盤托出過往無法對人訴說的顧慮與苦悶，在酒精催化下，平日商場訓練的防備一一卸去。

眼前脆弱哀傷的他，像個孩子。

她心疼說：「現實跟夢想間距離真有些遠，我不想說些冠冕堂皇的話，但……如果是我，也許自私，也許過於本位主義，但來這世界上一遭何其困難，我會選擇我要的人生，人該為自己的人生負責，而不是希望他人，將決定權交由公司。」

他笑了笑，「你是第一個對我說出應該堅持自己夢想的人，一點都不務實呢，沒出名的畫家可是很窮的，到時沒了前田執行長頭銜，說不定連你都瞧不起我。」

她嫣然一笑，「瞧不起什麼？能堅守自己夢想的人心靈上是富裕的。」

他舉杯，「那先祝我早日完成夢想。」

「敬我們未來的畫家，前田光。之後舉辦畫展我一定到場支持。」

「那你可真要記得，我這人最重約定的，我會等你。」

紅酒杯輕敲迸發出銀鈴般輕脆聲響，水晶燈在昏暗的酒廊裡銀光閃閃。

3

隔日一群人又踏上尋求謎底的旅途。車廂內一大袋連鎖便利塑膠袋內滿是一罐罐咖啡、醒酒液、蜆精，而垃圾桶內早已堆滿空罐，但仍無法迅速改善宿醉後的不適。

皓鈞撫著頭不斷碎念道：「這一定是陰謀，怎麼會變成這樣。」說完瞪一眼前田光。關於昨晚他沒什麼印象，記憶停留在曉若勸酒，今日見前田光神清氣爽，滿面春風，更讓他懷疑自己根本中計。

前田光全然無視挑釁話語，因為他心情正好，昨天在酒廊與小雪小酌相談甚歡，回房後便一夜好眠，今日神采奕奕，自然不與皓鈞計較。

「我還是有點想吐……」曉若聲音沙啞，拿著塑膠袋乾嘔。

「還是就我跟光去好了，你們喝太醉。」悅雪說道。

「不行！怎可以讓你落單……」皓鈞大聲拒絕。

還未說完，曉若喀一聲吐向皓鈞，他毫無防備，襯衫上一身穢物。

「對不起……車太晃了頭好暈，嘔——」還來不及道歉，曉若再次嘔向他。

皓鈞緊張喊：「你做什麼！對準塑膠袋啊！不要轉到我這邊，換去你老闆那邊！」不幸地突然緊急剎車，曉若整個人撲向他，夾帶嘔吐物。

皓鈞翻著白眼唸著：「你這豬隊友，真是……」奈何暖男天性，他輕柔地拾起衛生紙擦拭著。

「黃記者，曉若可能要麻煩你了。」前田光說。

儘管再多不願意，皓鈞也只能點頭答應，畢竟一身狼狽需要回飯店清洗，於是便扶著曉若下車，招攬回飯店的計程車。

而前田光和悅雪順利抵達台南國小，由於陳校長早先安排妥當，所以在警衛室稍待片刻後便有校長秘書前來接待。

梁秘書約五十歲，頭髮卻已半白，一絲不苟在後腦勺紮成一個髻，表情嚴肅，兩條深刻法令紋刻鑿在她下半臉，泛黃襯衫和深藍起毛球的長裙略顯老舊，她領著兩人走在通往校史室的階梯。

學校離奇反常地將校史室設置在地下室，僅有少許日光透過窗櫺，再加上燈照年久失修，地下走廊顯得陰森灰暗，像極鬼片的拍攝現場，更別提空氣中飄散霉味和粉塵，灰白色蜘蛛網盤踞角落和天花板，三人的腳步聲因迴聲彷彿有一群人緊緊跟隨，就算白日也讓人心慌。

梁秘書在校史室門口一一試過鑰匙，搖搖頭道歉道：「真不好意思，校史室太少使用，所以連鑰匙都忘了哪一把。」

「校史室安排在地下室真是特別。」悅雪左顧右盼，明明是七月，卻有一股涼意自腳底竄起，若不是有個膽大的前田光相陪，她也不敢來。

梁秘書推了推眼鏡，「我知道現代人不在乎這個，但有些事不可不信邪，這畫丟了就沒事，偏偏前校長不知道在想什麼。」她轉動門把後，「抱歉，又不是這把，我記性真差。」

前田光俊眸瞄向鑰匙，提議道：「要不，就試試方形那支吧。」

梁秘書斜了他一眼，自己都不記得哪一把難道你會知道？但又懾於他渾身散發的威信，故不自覺將方型鑰匙插入鑰匙孔中。

咿呀——陳舊的木門被推開，灰塵撲面而來。

二十坪空間大小的校史室堆滿雜物，有銅像、獎盃、燈罩、木箱等，牆壁掛著各種畫作獎狀。梁秘書一手以衣袖摀鼻，一手指著角落的紙箱堆中說：「你們要找的畫可能在那。」

前田光對悅雪說：「站在這別動，我過去。」他四肢修長，動作卻極為敏捷，一個大步就跨過一個個紙箱，迅疾的從紙箱堆裡撈出一個畫框。

正要用手帕擦去畫框灰塵時，梁秘書急喊道：「你們……慢慢看。陳前校長有交待畫可以外借。我先走了。」說完便匆匆退出校史室，她可不想拿性命開玩笑。

「這也太誇張？還保存良好，跟回收場沒兩樣。」前田光看著凌亂房間嗤聲道。

「好了，反正她也幫了大忙，而且畫還可以外借。是什麼詛咒畫作我們趕快看看。」她拉著前田光衣袖，一句話撫平前田光的逆鱗。

前田光扛起畫框走回陽光下，兩人合力用擦手紙輕柔的抹去畫框上濃厚的灰塵，並不時咳嗽著。

片晌，畫作已顯露七八成，主題是車站前的鳳凰木，金黃色的夕陽照在紅豔豔的鳳凰花，樹下穿著華麗旗袍的旅人們佇足觀望，整幅畫用色飽滿色澤穠艷。

「真是漂亮，這樣的畫為什麼會覺得不幸、詛咒？」她不解，畫中連綿不絕的紅色或許瑰麗得可怕，但也不至於會有冤魂纏身。

「哼，晚上放我房間，我看會有什麼東西跑出來。」他仔細檢視畫作細節，忽然瞪大眼指著樹下的紅色人影，「鳳凰樹下有個紅衣女子，不認真看還真看不出來，你不覺得這身影有點像月檀。」

她近瞧，右下方角落有個影影綽綽的人影，簡單幾筆眉眼確實有幾分月檀的輪廓在，但因為她身著紅色旗袍，跟背景紅色鳳凰花融合在一塊，隨意一瞥容易被忽略。

「再怎樣也不可能是她變成厲鬼吧！」

「反正晚上就知道，我們先回去吧。」語畢，前田光聯絡接送車。

今日暮色降臨格外的早，五點天色已呈青白交替。

曉若在梳洗休憩後精神狀態明顯改善不少，皓鈞頭痛也趨緩，四人便齊聚在前田光的客房內討論畫作。

行政客房屬一房一廳設計，客廳寬敞，故能容納偌大L型沙發，四人各據沙發一角，輪流拿著放大鏡察看畫作的細節，但半小時過去仍毫無所獲，遂決定將畫作留在前田光房內。

照前田光所說，他可是一點也不信邪，大剌剌地將畫擱置在客廳桌上。而盛夏溽暑蒸人，她感到些許中暑，故草草用完晚餐後直接回房小睡，窩進軟綿綿被褥中。

半夢半醒間她聞到了鳳凰花的清甜香氣，纏纏繞繞地將她帶入夢魘。

她穿著紅色緞面旗袍，原先燙的捲髮已洗得發直，索性梳攏在耳後，任長髮柔順披肩，紅色旗袍與她雙頰的紅暈相映成輝，哪怕只是淡妝輕抹仍遮掩不去的明媚春色，身後的鳳凰花像是為襯托她的美而存在。

這是月檀與老師初到台南州的時候，經濟窘迫的兩人在此許定終身。巧笑倩兮美目盼兮，火紅的鳳凰花是十里紅妝，為她的美麗致敬。

月檀回眸一笑，身後男子的面孔卻是前田光。

嗶嗶嗶——客房內電話響起，打醒她的夢，她看一眼時間，打一個小盹居然過了兩小時，打了個哈欠後接起電話。

電話那頭是曉若，支支吾吾說著：「林記者，你可以到我房間陪我嗎？我有點怕，又不方便叫執行長還是黃記者。」

她不假思索地答應，隨便換了件衣服走進曉若房中。

房內格局相同，鑲崁在牆上的LCD螢幕正撥放著佩佩豬，燈照設備全開。

「還好嗎？」悅雪快速察看環境後坐在沙發上問道。

「真不好意思麻煩你，我有點不舒服。」曉若臉色青白，身上雖然套著厚外套仍不住打顫著。

「是宿醉還沒結束吧？還是我下樓去幫你買解酒液。」

曉若眼珠轉了轉，「恐怕不是……我有點靈異體質，從看到那幅畫就不舒服，現在更嚴重，我擔心那畫不乾淨。」

「不然我問一下。」悅雪打起電話直撥前田光房號，電話迅速接通，「你還好嗎？有什麼異狀？」

「小雪，你人真好，這時候還想到我。但是你在曉若房裡做什麼？」

她望一眼曉若，「喔，也沒，就她身體不舒服我過來看看，沒事就好，你趕緊休息。」

掛斷電話後悅雪轉頭說：「你老闆還挺威，完全麻瓜一個，一點也沒有害怕的感覺。」

「執行長是這樣沒錯，但我會怕。還是你今晚陪我睡，我不會打呼的。」曉若欲哭無淚，她從入夜就開始發慌耳鳴，且非常強烈，她甚至感覺到靈體的怨念非常強烈。

「我？」她並不習慣跟陌生人共臥同張床，但見曉若淚水在眼眶打轉，擔心受怕的模樣，她爽快答應。

夜裡，曉若將隨身攜帶的神像護貝卡和一尊佛像擺放在床頭，口中喃喃自語似唸咒，身體微微顫抖，緊靠著悅雪的背。

寂靜的夜，既無聲更未見任何異樣，所以兩人很快就入眠。

4

窸窸窣窣衣物摩擦聲從浴室傳來，夾雜一陣陣的啜泣。

悅雪睡眼矇曨地支起身子，手機螢幕顯示凌晨一點，原本光亮的房間不知何時燈光全滅，她起身開了燈，環視房間空無一人，挨在自己身旁的曉若不知去向，僅剩凌亂的被褥和地上曉若的拖鞋。

浴室傳出的女子毫無止息的抽泣聲，哀泣欲斷魂，攙雜一聲聲嘆息。

她穿起外套，躡腳躡手走到浴室外，輕敲門，問道：「曉若，在嗎，怎麼不開燈？你在哭嗎？」

「別別……別過來，我求你，讓我死吧，一切都是我的錯。」只聽聞曉若以較平時更尖銳的語調回應著。

聽見「死」字，悅雪趕緊轉動浴室門鎖，「你有話好說，不要衝動！」她拍打厚重木門。

「不要過來！我命賠給你就是！你放了我吧。」曉若哭嚎著。

不論悅雪如何吶喊請求，曉若彷彿是鐵了心不開門，只不停地道歉。

見情勢急迫，悅雪腦海裡第一時間浮現的是前田光面容，於是撥打前田光的房號求救，正巧前田光正重審集團內收藏品的鑑價制度尚未入眠，不消三分鐘他便現身在曉若房內。

他輕拍悅雪肩膀，柔聲安撫，「沒事，其他交給我。」接著轉而敲打浴室木門，「楊曉若，你搞什麼鬼，開門！」

聽到前田光呼喊，曉若嗚嗚咽咽哭得更是淒厲，聲音沙啞說：「怎麼連你也在，就一條命賠給你們兩個夠不夠？」

前田光不耐嘖一聲，拿起電話連絡飯店櫃台總機。

聽到這裡有人要自殺，櫃台、保全、值班經理和房務人員急忙趕到，一時間客房擠滿將近十個人，只見他們個個滿身大汗，面容驚恐。

「裡面的人死了沒？要先報警吧。」值班經理渾身顫抖，腦中閃過數件飯店自殺案件，怨嘆都快退休了怎麼還碰上這種衰事，降職和上新聞頭條的壓力全接踵而來。

「死你個頭，你沒聽到哭聲嗎？快開門！」前田光大怒，他這人辦事講效率，不喜歡廢話和推辭。

「喔……對。」值班經理從房務手中拿過鑰匙，戰戰兢兢準備開門，而櫃檯工作人員則拿起手機錄影，以備有異常狀況須存證。

然而由於值班經理過於害怕，雙手抖動始終對不準鑰匙孔，一群人圍在他身旁七嘴八舌更加重他的緊張情緒，汗濕透整件襯衫，他只得不停對自己精神喊話，「加油！加油！你可以的。」

前田光白了他一眼，搖搖頭，嘆了一口氣，向值班經理伸出手說：「給我？」

值班經理二話不說交出鑰匙，前田光俐落兩三下開了門，由他帶頭一群人跟了進去。

只見浴室漆黑一片，嘩啦啦的流水聲和哭聲。前田光踩進浴室後先開啟照明燈光，發現水正由浴缸源源不絕地流出，並隱約看見浴簾後的曉若縮成一團。

「別過來！」曉若尖聲喊叫，捲起浴簾裹住身軀。

前田光聽而不聞，一把扯開浴簾，關緊水龍頭。

「躲能躲到什麼時候呢？」他手臂環胸，語氣鎮定而冷靜。

曉若身著睡衣浸泡在浴缸中，披頭散髮面露驚恐，眼底全是滄桑悔恨，才二十五歲的她，宛如一個歷經風霜的中年女子。

前田光的話點醒了她，是啊……躲，能躲到什麼時候呢？那些無法面對罪孽，無法償還的過錯，無以付加的痛楚，像咒語，永不止息一而再三困住她。於是她巍顫顫地抬頭望向前田光，辨認出面前男子，不論前世今生都擁有水平如鏡的沉著。

正巧悅雪從人群中走出，來到前田光身後，一臉擔憂抓著前田光手臂。

看著兩人依偎，曉若陷入回憶，慘惻說著：「你們……又聚在一起了。」

第九章　如是因果

1

一九四六年的夏季是月桃人生中最艱苦的一年，除了酷暑難熬外，她又再次被恩客訛騙去多年的積蓄。風塵女子年輕貌美時掙錢易如反掌，但幾經情愛與歲月的折磨後美貌早棄她而去，淪落到鎮日飽受其他流鶯的嘲諷；老去的娼妓晚年堪憂。

滿姨嘴裡常掛著「心比天高，命比紙薄」，從前她總嗤之以鼻，現今也只怪自己當初天真無知。

她已決心要臣服於命運，直到見著寫真館展示的照片，婚照中女子衣著雖樸實，卻滿溢著幸福神采，身旁良人亦容貌端正俊秀。

她在玻璃窗前怔然，忿忿不平地咬牙怨著，為什麼那女孩看似與世無爭，卻擁有她畢生所求的一切呢？女孩的存在時刻提醒她命運的可恨與不公平！

初見月檀時她真沒想到這女孩會對自己造成巨大殺傷力；月檀進藝旦間晚她三年，體格乾扁，清瘦面容上長著一雙大眼睛，不識字、不通樂曲，當時絕對沒有任何一個人猜想得到，短短幾年她將出落成絕世容顏，琴棋書畫樣樣精通，不少騷人墨客為她留下傾慕詩句。

月檀的存在正巧對比出自己落魄，她原該是滿姨的接班人，姊妹裡她來得最早，雖無白皙膚質，但健康如蜜桃般的膚色和嬌俏的儀態亦十分受客人喜愛。怎知月檀竄出頭後全變了樣；先是滿姨偏心，二樓最華貴的房間讓給月檀，還將新買的養女充作月檀的使用人，客人們也只在月檀無法出局時才點她，當她月桃是什麼人？真是可惡至極！

連現在落魄到當土娼，還得看著月檀的結婚照，那微笑，正向著她挖苦譏誚。

今朝夏季驕陽如火，每個人都大汗涔涔，只有月桃雙臂交叉環抱著身軀，因為唯有如此姿勢，才能抵禦她滿心的悲涼與不甘。

那天起，她開始特別注意起往來人群的面容，如果遇見那幸福的月檀，該說些、該問些什麼呢？或者，該做些什麼呢？

但怎麼也沒想到，她還沒主動尋找月檀時，月檀早一步先找上了她。

「月桃姊？是月桃姊嗎？」身後的女子嬌聲問著。

月桃怔了怔，還未決定是否回頭時，女子便跑到面前來。

只見她燦笑時杏眼彎如弦月，溫柔而迷離，儘管脂粉未施，穿著一件樸素水玉洋服，仍不減嬌貴氣質，平凡的生活未抹去她的美麗，反更加清新脫俗。

一股妒火打從月桃心底燃起，但她仍僵著臉皮笑著，回說：「是月檀啊？怎麼在這呢？」

月檀頓了頓，她記得月桃不過大自己五歲，怎麼已貌似中年，幾許灰白髮絲凌空飛舞，皮膚乾枯如蠟，更別提那過於俗艷的妝容猛看讓人心驚，像老師不小心打散的顏料，全亂七八糟糊在一塊，看著看著，忍不住為過去的姊妹難過。

「我……我跟外子搬到這來了。月桃姊呢？」她嬌怯怯的回。

外子？真令人憤怒，炫耀什麼勁，真想撕破那張臉。月桃心裡暗罵著。

「這樣啊……我……我也是呢，嫁到這呢，做了金子店的二房。」因自尊，月桃遂編派起謊言。

「這樣啊，那真是太好，恭喜月桃姊。」月檀喜不自勝，雪白柔荑搭上月桃的手，倏然驚覺月桃姊的手怎麼如此粗糙，跟菜瓜布沒兩樣。

月桃默默抽開自己手，笑說：「既然我們姊妹倆有緣都嫁到台南，改天一起喫茶吧！有事也有個照應。」

「好啊。」月檀點點頭，清澈眼神毫無防備之心。

月桃的眼睛沉了沉，心裡暗笑老天有眼，看你能囂張到幾時。

幾次簡短會面後月桃便知道，月檀是真的窮，匆忙逃離大稻埕的她清貧如洗，勤儉度日，惟依恃著先生的相依感到幸福。這點，尤讓月桃憎恨，無法原諒，因為她人生裡從來沒有愛情這東西。

可是命運開了一個小玩笑，將幸運的砝碼落在可悲的月桃身上，她終於逮著機會逞威風。

「月桃姊，你上次說你先生是開金子店的？」月檀手裡緊抓著小荷包，是她僅剩的隨身首飾。

「是啊？怎麼？妹妹需要我幫忙？」語氣趾高氣昂。

雖然是謊言，但她從中得到不少滿足和虛榮。

「那……你可以幫我估估看這些多少錢嗎？老師生病了，我想買點東西給他補補。」她小心翼翼拿出荷包裡的金飾。

月桃眼睛為之一亮，按捺貪念，假裝不在意說：「這……東西是妹妹的隨身物品，但確實也沒值多少，若要換錢恐怕也是不多，不然我先留點錢給你，金子當押金，改天你有錢再還我。」

「我是信姊姊的，就這樣吧。」月檀回。

「那你趕緊拿錢去給古谷先生買點東西吧。」月桃將昨日賣身的皮肉錢先給了月檀，手裡緊攥著金飾。

月檀拿了錢道謝過便往蔘藥房邁進，她心裡仍惦記著古谷。

而月桃則在她隱沒身影後不可抑制地大笑起來。

她欣喜若狂，笑到滿臉通紅眼角飆出了淚滴，一陣嗆咳，甚至拍桌，全然不顧周圍異樣眼神。她太開心，她的人生從沒這樣舒心過，這是她第一次戰勝月檀，第一次感受到命運之神的眷顧，手裡拿著金飾像戰利品。

大稻埕第一藝旦又如何，蠢到幾句話沒畫押就把金飾讓給她，蠢到忘了自己是逃跑的藝旦，她迫不及待想著，若是滿姨知道肯定氣急敗壞，啊，滿姨，老是說自己不如月檀，是不是該讓她看看現下的光景。

她捧著笑到痠痛的肚皮去巷口攬客，今天實在是個好日子，連醜頭怪臉的嫖客看起來都格外可親。

2

「我真的不知道滿姨出手這麼狠，我以為只是痛打，不知道會把你打成重傷。」蜷伏在浴缸內的曉若抽抽噎噎說著。

前田光雙手交叉環抱胸前，不發一語，悅雪則靠著洗手台沉思，逐漸拼湊出脈絡。

櫃台人員推了推值班經理，於是他扯了嗓子說道：「既然這樣，我們來談談後續處理吧。」

前田光快速掃了他一眼，昂起下巴，「明細列給我，前田集團會賠償所有損失。不過楊曉若過去並未有任何精神病史，怎麼不說是你們飯店不乾淨呢？所以斟酌點。」他渾身散發著巨大的壓迫感，不怒而威。

值班經理唯唯諾諾答應後，飯店員工們便退出，浴廁裡只剩三人。

「所以是月桃……是你出賣月檀。」悅雪問。

「我真的不知道事情會演變這樣，我只是不甘心，想讓你們分開而已。」曉若一把眼淚一把鼻涕，「我托人帶話給滿姨，是希望滿姨帶走你，從沒有一刻想害死任何人……我只是……」她激動地語無倫次，轉向前田光，「為了賠罪我去醫院看你，騙你說我是月檀的朋友，月檀托我照顧你，我也是真心……你是這麼的好，卻從不願意正眼瞧我，我做的再多，你只關心她消息，不論我怎麼求，你只想回日本，答應幫我畫一幅畫，結果……居然畫的還是月檀。」

回憶如流水潺潺流出，她想起初到藝旦間第一個對她示好的人是月桃，教她識字，陪她過生日，提點她如何應對進退，後來因競爭關係漸行漸遠，被妒忌蒙蔽了心；月桃不過是飽受命運磨難的可憐人。

悅雪淡然問道：「你怎麼沒能投胎呢？」

「我拿著你的首飾和滿姨賞給我的錢贖身，卻染上了賭癮，越賭越大，又被騙了錢。後來他們又逼我回去當土娼，我這一輩子大抵就這樣，在浴缸割腕，以為死能解脫，卻被困在畫裡，每天都重複著割腕情節。這幾十年，我真的好累……」曉若茫然說。

悅雪蹲下，柔聲道：「那夠了吧，這麼多年，你還留在畫裡做什麼呢？」

連一向不信邪的前田光也說：「放了曉若吧！我不知道我是不是真的是你說的古谷，如果是他也會原諒你的。放手吧，你已經贖過罪了，留著怨念遺憾在世上，只會造成更多不幸。」

曉若緩緩望向兩人，涕淚縱橫，一遍又一遍訴說著對不起……對不起……眼眸輕闔，全身逐漸癱軟，逐漸沒入浴池。

悅雪拉住了她。「幫我把曉若扶起來吧，我幫她擦乾身體。」

前田光依言抱起浴缸中的曉若，放回床墊之後走出房間，給她空間照料曉若。

曉若清醒後雙眼迷濛，對適才發生的事渾然未知，只覺全身痠痛疲勞，在悅雪的協助下更換完衣物後便迅速入睡。

「今天多虧了你。」她關上房門，對前田光道謝。

「我沒做什麼，你也辛苦了。想不到台南之行這麼刺激。」他向悅雪遞上咖啡後，便在沙發上挪了個愜意姿勢，像隻慵懶的貓。

見窗外天色已是青紫色，轉眼間就要天亮，她也睡意全無，遂在接下咖啡後與前田光閒聊，她問道：「謝謝。你現在還不信鬼神這檔事嗎？」

他鄭重想了一會，眼底無限深邃，宿命論與他堅信的事物相為牴觸，「也許有什麼力量吧。」

「我其實也不在乎我是不是月檀，只感覺有一股力量促使我一定要去完成某個心願，夢則是線索、暗示。現在看來謎底快揭曉完畢，但不知道為什麼我還是隱隱不安。」

他俏皮笑著，打趣說道：「如果真有這神秘力量，我倒希望我是古谷，那表示我們久別重逢，命中註定，叫黃皓鈞那傢伙早點退場，別來搗亂。但如果我不是古谷遼，我還是會守護你，然後趕走真正的古谷遼。」

「你又開始說渾話。」她早習慣前田光私下頑皮的一面。

在他人面前，他是追求完美苛刻的執行長，冷峻直言不留情面，但在她面前，則是個孩子氣的大男孩。

「你……為什麼對我特別好？」她問。

他認真托著腮，一秒都不須遲疑地回答：「我喜歡你。」直接坦率，沒有任何遮掩，眼神真切。

這下她反而難為情起來，搶過沙發上的抱枕來遮臉，「這麼直接？」。

「何必作假，我喜歡窩在你身邊，很自然，不需要遮掩算計，我是我自己，你是第一個讓我活得像我自己的人。」

她腦海裡出現千萬個可是，關於前田光誹聞、家族差距、媒體曝光、生活習慣等等，但她又想到，為什麼要擔心還沒發生的事，有的人拚死拚活去爭一份真摯感情，自己卻怕東怕西。

她以大膽眼神迎上前田光，「所以你是要跟我在一起嗎？」

見她神情由羞赧轉為勇敢，被動轉主動，前田光笑了，覺得她格外可愛。

「當然，如果你不嫌棄的話。」

她順勢而為說：「那我們約定一件事，我也是很重約定的。」跟這樣男人在一起真危險，還是忍不住提早做好備案，有個心理準備。「就是不許說謊，如果你說謊了，我就離開你。」

他笑了笑點頭，前田執行長從來一言九鼎。

一九四六年鳳凰花季末了，藝旦和畫師的戀情走上了陌路。

二〇二一年鳳凰花季再來，執行長和記者在愛情裡達成了共識。

3

這世上一切在經過一個晚上後彷彿全豬羊變色了。

黃皓鈞在高鐵內回溯記憶，猜不透昨晚發生什麼事，更無法揣測今日前田光滿臉春風得意的原由，即便語言齟齬也不像過去爭鋒相對，就連學姊臉上也掛著一抹沉靜的微笑，曉若則又像宿醉般癱睡，整趟車程籠罩在靜謐氣氛中，他只祈禱台南旅程後生活能重回軌道。

雖然上班時一切如昔，沛然依舊嬉鬧，學姊繼續聯絡採訪事宜，大家一樣在雜誌社的交稿時間前人仰馬翻，只是學姊與他更加生疏，變本加厲地保持距離，連他問學姊下午請休的理由時，也只得到搪塞敷衍──「有事」兩個字。

他知道「有事」兩個字代表的意思就是不方便對你說明，無可奉告。

他漫不經心想著，如果前田光真與學姊在一起了，自己是否真有祝福的雅量。

「黃皓鈞！」

沛然大聲叫喚讓他陡然一驚。

「這麼大聲幹嘛？嚇死我。」他說。

「不是啊，我叫了你好久，你一直發呆。」見他失魂落魄，連她剛直接夾走他便當裡的雞腿都沒發現。

平日的中午用餐時間只剩他與沛然，他望著空缺的座位出神問：「你知道學姊下午去哪嗎？」

「我怎麼知道，她有她想做的事吧。」

「你不是她的閨蜜嗎？她也沒告訴你？」

沛然嘆氣：「黃皓鈞，你除了追蹤她沒別的事可做嗎？人生不是只有愛情，」她用筷子對空比畫一個圓，「假設你的人生是這塊大餅，你覺得愛情會占幾分之幾？夢想、家庭、友情、事業又占幾分之幾？」

皓鈞默不吭聲。藝術雜誌的攝影記者本來就不是他的志向，他只為為了依附學姊才來應徵。

沛然語重心長說：「這麼說吧，愛情是場雙人舞，而你也別自欺欺人，你和她最多只算單戀，所以只是單人舞，你打算跳單人舞跳多久？一輩子嗎？跳到別人結婚生子嗎？認輸也是藝術。」說完，又夾走他便當中的一塊叉燒。

「我以為她總有一天會懂。」

「懂你的心意卻不能接受又能怎樣？荀子的『鍥而不舍，金石可鏤』在單戀裡是不成立。醒醒吧！你的人生跟你桌上的便當，都快涼了。」又夾走一塊叉燒，肉涼了好可惜。

「別搶啊！你這土匪，我的雞腿怎麼不見？」

「看吧，只是太專注想她，都沒發現外面的世界瞬息萬變，那雞腿就當是我替你諮商學費吧。」沛然毫無愧疚之意。

他吃著飯，想著高鐵上前田光與學姊間的眼神交流，不已經都昭然若揭了嗎？

他是輸了吧，像個二流演員演著暗戀的爛戲碼，自以為演得可歌可泣，卻勇奪金酸莓獎最佳男主角，觀眾不屑一顧。

信義區商辦大樓內，前田光剛結束上季財報的報告。他在辦公室附設的休息客房內草草洗把臉，換上襯衫和牛仔褲。

曉若正捧著咖啡進入，見著上司一身輕便休閒裝扮嚇了一跳，問道：「執行長是要去哪？」

「喔，我下午有點私事出門一趟，有急事電話聯絡。」

「去哪呢？我跟司機聯絡。」曉若放下托盤，她第一次聽到執行長因私事早退。

「不用，我自己開車。對了，曉若，這些日子謝謝你。如果有要請休的話我一律准假。」他轉頭對她一笑，如陽光般溫煦。

那一笑讓她雙頰緋紅，「謝謝執行長。那開車小心。」

雖然執行長近來多了些人味，一改過去的嚴厲作風，她卻不太習慣，特別是那原本就俊俏的臉，這一笑更令人傾心，為了不讓自己像個迷妹，她甚至刻意避開他的微笑。

執行長於她就是個不可及的人物。

一輛黑色Porsche cayenne turbo駛向陽明山。

「我們不是要到國家公園嗎？」悅雪好奇打量車窗外環境。說好的陽明山賞花，卻不在通往國家公園的路上。

駕駛座的前田光視線專注在前方擋風玻璃上，嘴角略帶促狹，「都八月，繡球花都謝光，哪有什麼好賞花。我要帶你去世上最美且永不凋謝的花園。」

「世上最美的花園？」她狐疑，哪裡的花園比得過國家公園內的花？

駛離主幹道後，車順著偏僻的小徑駛向山的深處，沿路柳杉巍峨參天，蔥蔥鬱鬱，日光透過樹葉間隙灑落在小徑上，像鋪成一條金黃色遂道，小徑的盡頭是由灰白磚牆圍繞的住宅區。

警衛辨識出來人後圍欄便緩緩開啟，裡頭的景致與外界雲壤之別，不再是山林步道與自然風光，而是一座典雅日式庭園。

她愣了愣，說：「我不記得陽明山上有這樣古蹟。」

前田光眼裡飽懷眷戀，「這是我外婆的家。」也是他童年的回憶。

對他來說再盛艷的花，也不如外婆謝涓親手培育的一花一木。

車停靠在門口後，兩人踏上玄關處的階梯，年邁的管家率先滑開障子門。

「這麼久沒來，都長那麼大。」管家親暱地說著。

「公司忙的走不開了，有朋友喜歡花，所以帶來看婆婆的花園。」

管家意味深遠地看了她一眼，點點頭後說：「那你們隨意走走，我先去張羅點心。」

前田光領著悅雪走進起居間，對比她所熟悉老師的宿舍，眼前的和風裝飾真切名貴不少，滿屋子遺留的古董傢私，從喇叭留聲機、橡木櫥櫃、屏風、拉門式的電視櫃、漆木書櫃皆流溢昭和復古風情。

「這裡簡直是個古董展示場！」她驚喜上前一一細看，懷舊之情情溢於表。

「是啊，這一景一物全是婆婆精心打造，她說這庭院代表她的人生，她去世後前田家也只剩我會過來。婆婆是愛花人，所以這裡的花，是四季花開。」雖然父親總覺老屋修繕維護費事費錢，不如早早賣了，但想到婆婆，他仍努力維持著懷香園，然而花本無情，即便種花人先逝，仍自故花開花落。

「四季的花？」剛開始她不解，但隨著前田光帶領她參觀後，她才驚覺懷香園別有洞天，主要利用日本迴遊式庭園建築手法做四季景色變化，間或以青苔石頭點綴；一個迴廊圈繞出一個別樹一格的季節景色，依序為四季遞嬗，像第一個迴廊櫻花、茶花，第二個迴廊紫藤花，第三迴廊為紅葉，第四為牡丹。

兩人漫步到四季末，剩下最後一個迴廊未參觀。

「你猜猜最後一個迴廊是什麼？提示是婆婆的人生哲學。」前田光擋在她面前問。

悅雪頭偏了偏，說：「禪？經過人世磨難，最後回歸於無？」

前田光笑了笑，「接近了，是枯山水。」他牽起她的手走入盡頭庭院。

枯山水庭院約二十幾坪，無花無草無水，全以砂石枯木青苔打造，象徵鉛華洗練去後的淨。

悅雪曾在日本禪宗寺院看過枯山水，知道禪宗在修行時冥想或對望枯山水時能悟出「一沙一世界，一花一天堂」禪意，沒料到台灣庭院也有人嚮往枯山水。

她好奇走入房內，枯山水庭院的房間果然禪風，簡約空曠，僅留一個櫥櫃和小神龕。

「你婆婆……她是個什麼樣的人呢？」

「外人都會說婆婆幸運吧！新竹望族之後，又嫁給日本華族。可是我知道她是不快樂，她常常在這神龕前懺悔。」

「懺悔？」她問。

「嗯，婆婆有個小祕密，未出嫁前曾未婚生子，聽說是個女嬰，這在當時來說是極大的醜聞，所以孩子出生就被處理掉了。婆婆後來再怎麼好過，幸福，都沒辦法忘記她遺失的孩子，一輩子都在悔恨。」前田光說。

「唉，這不過是時代命運的錯，耗費一輩子去悔恨不如好好過眼前日子吧，說不定那孩子也能懂母親的身不由己。」她輕合手掌，凝神閉目祝福著另一端世界的人。

這時，管家笑吟吟走入說：「你們快來嘗嘗這蕨餅合不合胃口。」並為兩人遞上點心茶水，在前田光交代晚餐後便離去。

「這可是我小時候最喜歡吃，味道一點也沒變。」他開心的戳起另一塊蕨餅往她嘴巴裡塞，期待的神情猶如孩子與同儕分享零食。

「我這盤也有，你不用……」來不及抗議，她又被塞了一塊蕨餅，只得一邊咀嚼食物，一邊瞪著他。

見她吞下後，他又拿起茶杯吹了幾口，湊向前，「這抹茶真香，是外面買不到，你快喝。」

她被迫喝了一口後，皺眉說：「好了，這太甜。」

他不服輸，親自飲用一口後問：「甜？怎麼會？你味覺有問題嗎？再多喝幾口看看，這可是來自日本皇室御用茶園的茶葉。」於是又將茶杯湊向悅雪。

他想將世上所有的好東西都讓她嘗一遍。

「你不要一直遞過來，我現在沒要喝……」她作勢推開，但仍不敵前田光熱切的好意。

在枯山水美景前，兩人開懷笑鬧中夜色悄聲降臨，見天色昏暗驚覺飢腸轆轆，於是牽著手一同走回起居間用餐。

管家為兩人準備的晚餐是以台灣產地食材烹調成的懷石料理，包含石斑、櫻桃鴨、烏魚子、金針花等，全是前田光喜愛的菜餚。但面對滿桌色香味俱全的美饌時，悅雪卻一時瞠目結舌，因為這些精巧菜色是她前所未見。

過往前田光因公事繁忙用餐總像戰鬥，再美味的餐食進食時間總不超過三十分鐘，但佳人相伴下他心情特別好，不時誇獎廚師廚藝精湛外，更一一為她細說菜色，不時開懷大笑，全然一改過去早熟壓抑的表情。

用完餐後，前田光送悅雪回家，在路上見水果攤販下車買下一袋袋的水果，不顧她吱吱喳喳喊著吃不完這件事。

見著兩大袋水過，下車前她仍抱怨著，「我不過是去你家賞個花，有必要買這麼多東西嗎？」

「我幫你提上去吧，我只是想到你平時那麼忙，一定沒好好吃東西，那大嬸水果賣相挺好。」不由分說，他提兩大袋水果下了車，偕同她上樓。

早知道兩人生活環境差距過大，但盛情難卻，於是她領著他爬了好幾層樓抵達租賃的頂樓加蓋雅房。

一進門他可傻眼，他長這麼大從來沒看過這樣的房間，廁所是共用的，家具也簡陋的不成樣，更別提略為斑駁的牆壁。

他將水果放在書桌上，驚訝喊道：「這地方怎麼可以住人呢？這房間比我家廁所還小。」他敲敲牆壁，「這不會是電視上所說的海砂屋吧，會不會有輻射？」他無法想像有人住在這樣的環境。

「我知道你說的是實話，可是這時候不要講出來比較好。」她一笑置之，前田光反應全屬她意料之中。

接著他看見了角落擺放著〈雪地的月光〉，他愕然說道：「這麼名貴的畫你怎麼會是這樣擺？」他環視周圍確實又沒有更好的擺放位置，「不然我給你錢你去租一間好一點的房子好了。」

給你錢去租間好的房子這句話簡直就是刺傷了她的自尊心，她直覺回答：「你幹嘛給我錢？你是想施捨嗎？」

前田光頓了頓，他說：「我沒什麼意思，只是想讓你過好一點的生活而已。」他對她沒有任何鄙視，只有心疼。

察覺自己反應過大，她坐在床沿，低頭看著手心，幾綹髮絲飄盪在前額，語氣軟了下來說：「我父母車禍去世，全靠舅舅，他已經幫我很多。現在這樣的生活或許不及別人好，但也遠勝於許多人，起碼不需要為溫飽而擔憂。」

她談起大學曾在育幼院擔任志工的經驗，她除了幫忙教作文、英文外，還負責分類捐贈物品，從二手捐衣箱中撿拾出一堆破爛污穢不堪的衣物，見孩童睡在大通鋪毫無隱私，在資源有限下被慾望驅使行偷竊，財富雖然不是主宰善惡主要因素，但有時真如〈寄生上流〉名句「如果有錢，我也很善良」。

他坐在她身側，無法想像瘦小的她孤身在這樣的環境成長。他替她順順垂落在前額的髮絲，低聲說道：「以後有我，我答應你，我會盡力讓你過好日子，有餘裕會去幫助更多人。」

她看著他誠摯眼神，想著幾個月前初識時他一副痞樣，現在舉止間逐漸不帶任何驕氣，甚至開始能體恤悲憫他人。她笑了，原來愛一個人會學會透過他的眼光看世界，無形間互相影響。

接著，他就像開啟養寵物模式般，捲起袖子到公用廚房清洗水果，離開時發現公寓沒有代收垃圾後，摸摸鼻子打包起垃圾，放入自己豪華轎車內，打算帶回居住的豪宅處理。

他哼著歌，輕快駛離公寓，渾然未發覺早被跟蹤，舉止全攤在鎂光燈下。

4

一早醒來，她還懵懵懂懂，手機接二連三不間斷傳來惱人的簡訊聲響，昨夜的好心情尚存，她決定漠視這些簡訊，逕自悠哉的刷牙洗臉去，再從冰箱拿出一盒前田光為她切好的蘋果。

好心情只維持到急促的電話鈴聲之前，那是老賀來電的專屬鈴聲，必有急事。

電話一接通，便聽到老賀焦急的聲音。「你跟前田光是怎麼回事？今早各大報娛樂版都是你和前田光，雜誌社一直有其他報社的記者要找你，現在連雜誌社樓下都有狗仔，你家附近也應該有，還是今天別來上班？。」

她呆滯一下，還反應不過來，問道：「舅舅你在說什麼？」

老賀說：「唉，你待會看新聞。」想到聳動標題又改口道：「啊，還是別看，你知道狗仔只為串流量，標題下得多可怕，還是別看省得傷心，今天算特休，別來上班，我叫沛然給你送便當。」

她推敲大致狀況後，改口堅定說道：「我又沒做錯事，為什麼要躲躲藏藏？我會去上班，你別擔心，舅舅，我是大人，我可以自己解決。」

老賀嘆一口氣，「不是我說，為什麼偏偏是前田光，那是鋒頭上的人，狗仔的最愛。他越不屑狗仔，狗仔就越愛拿他開刀，更何況前田集團的大老還不是他，是他老爸，你不知道豪門碗難捧。」老賀接著講述一段又一段豪門不幸婚姻的故事。

眼見上班將遲到，她打斷老賀的話，說：「舅舅，我喜歡他犯了什麼錯，又不是因為他姓前田才喜歡他，我沒有錯，他也沒有。」

聽見外甥女心意已決，老賀決定將擔心藏在心底，草草交代幾句後掛上電話。

悅雪深吸一口氣，在鏡前整頓好自己，準備出門應付狗仔，此時手機傳來皓鈞的簡訊：

我的車在樓下，如果你還要去上班的話。

於是她戴起口罩，匆忙下樓，果不其然踏出公寓鐵門後便有攝影機鏡頭對準她，甚至同業在馬路對岸向她招手，準備跨步朝她走來，慶幸皓鈞的車正好駛近，她旋即開了車門。

「真沒想到一直拍攝別人，有天也會成為別人拍攝的對象。」她一派輕鬆地說著。

「學姊，我覺得他沒保護好你。」皓鈞鐵著臉，暴躁地加速駛向雜誌社，擺脫身後狗仔。

「跟他沒關係，就身分差別所以難免有些困擾。你忘了我可是林悅雪，才不會被這些小事擊倒。」

她的強顏歡笑全被他收進眼底，皓鈞問：「事情發生到現在，他人呢？」

悅雪掃一眼手機螢幕後說：「我想他大概太忙抽不開身，這件事也不算是大事，所以我還沒聯絡他。」嘴角揚起笑容，像要鼓勵自己般繼續說：「這有什麼關係，我自己就可以擺平。」

皓鈞瞥了瞥後照鏡，見她牽強的笑容，柔聲道：「學姊，不要那樣。」

「不要怎樣？」

「不要笑得那樣辛苦。」他別過眼不看她。孤單的人自尊總是特別高，這點他跟她一樣。

她僵住了臉，將視線移向窗外。

待皓鈞將車停在雜誌社所屬大樓的地下停車場後，他們打算從樓梯直衝雜誌社，避開電梯口等待的狗仔們，未料四樓樓梯間早有記者在待命，見他倆步入，趕緊向前。

「嗨，我是《新媒體》記者李薇娟，方便聊一聊嗎？」她朝悅雪伸出手。

見對方笑臉迎人，吃軟不吃硬的悅雪反倒遲疑，倒是皓鈞搶先一步回話，「無可奉告。」一邊拉著悅雪進雜誌社。

「別這樣，大家都同業，給個方便，來點獨家新聞。」李薇娟不死心，一路跟到雜誌社門口。

皓鈞惡狠狠地瞪一眼說：「就因為是同業，可以放過她吧！」他太清楚八卦雜誌炒作的方式，無所不用其極地將事件擠出腥羶味，只為博得關注，跟對著海面撒血好吸引鯊魚群一樣。

被嚴正拒絕的李薇娟先是一愣，但隨即回想剛才的護花行為，這豈不是現成的大獨家嗎？直覺告訴她這不會只是單純的名人戀情曝光，必然有更多發展，她決定先到樓下的咖啡廳撰寫新聞稿，追蹤後續。

一進門後同事皆對她投以好奇眼光，正想開口詢問時，老賀從總監辦公室跑了出來，喊道：「大家各自回座，好好認真工作，別聊些五四三。被我發現不認真工作，年終考核就等著瞧。」他擔憂看了外甥女一眼後便走回辦公室內。

悅雪回座位後，轉頭小聲對沛然和皓鈞說道：「對不起，給你們惹麻煩。」

「不會，一點也不麻煩，誰趕來鬧，來一個殺一個，來兩個殺一雙。」沛然強悍地擺動手刀，學著武俠電影動作。

「學姊不要有壓力，需要幫忙直接說。」皓鈞說。

「謝謝。」若不是皓鈞幫忙，出門必定寸步難行。

答答答的鍵盤敲擊聲持續著，眼見快中午，仍未傳來前田光的電話或簡訊。她體諒想著，或許他早習慣誹聞造成的風風雨雨，只是她真的好不習慣，害怕，特別是她禁不住好奇瀏覽起各大報的娛樂新聞網頁後。

「現代版麻雀變鳳凰，記者與執行長」

「前田光口味大變，不愛小模愛記者」

「貴婦相大解密，相日居士分析記者貴婦相」

「從孤女到豪門，攀龍附鳳的女性奮鬥史」

「執行長化為居家男，為愛倒垃圾」

這些標題讓她傻眼，不敢一字一句再讀下去，但內容不外乎她的身世如何高攀，手段之厲害，若不是照片中那被打上馬賽克的自己仍可清楚辨識外，她真不知道這些未曾謀面的記者是怎麼編撰出一個全然不同的林悅雪。

善於操縱文字的，一旦懷抱惡意戲弄時，文字將宛如利刃，即所謂人言可畏。

「悅雪，悅雪，別再看了，你知道那些人本來就是這樣。」沛然轉頭見她驚訝的表情，柔聲呼喚。

「沒關係。」她低頭繼續處理文件。

「前田光是不是該來處理一下，大公司不是都有什麼公關部嗎？」一旁的皓鈞再也忍不住，厲聲問。

她強忍委屈，淡淡地說：「可能在忙吧，就別管別人說什麼，我又沒錯。」

見她仍為前田光說話，皓鈞也只能咬牙。

一般來說，前田集團對這種花邊新聞早置之不理，因為過去莫名其妙蹭熱度的女星實在太多，偏偏前田光態度強硬，拒絕安撫娛樂版記者，甚至有時會惡言相向，如此不友善態度間接導致記者沒題材時自然想到他，誰叫他一臉痞樣和不屑，寫起他的花邊新聞格外可靠逼真。

但這次新聞來得太早太快，公關部根本不及因應，更遑論聯絡攝影師買下照片。

前田光的父母慶廣和杏子雖然從來不在乎兒子的緋聞，但這張倒垃圾的照片的確驚動他們。

慶廣咬牙看著兒子滿臉笑意從老公寓提著垃圾離去照片，銳利的眼神上兩道眉聚攏，更顯肅穆。

一個大男人到老公寓幫女人倒垃圾，成何體統！這件事嚴重牴觸他的認知，兒子脫序行為令他有所警覺。

「我要跟他特助通話。」體悟到此次非比尋常緋聞後，慶廣冷漠地對著私人秘書要求。

「是。」男秘書恭敬地點頭，立即轉身聯絡台灣辦公室。他早習慣這對父子溝通模式，有時像上司對下屬，有時又像旁敲側擊諜對諜，沒有任何一絲親暱。

半晌，曉若被通知將與日本董事長視訊，她踩著急促步伐戰戰兢兢地踏進會議室，心跳加速，彷彿將進屠宰場一樣懼怕。

她腦海裡回顧近日有無失序行為還是辦事出錯差池，唯一想到的是前田光早上的緋聞照片，雖然之前每週例行報告前田執行長行程予董事長，但僅於書面呈報，並沒有特別過問私事，這照片威力可見一斑。

只是此時她也只能自求多福，前田光雖吹毛求疵出名，但待人處事尚且留一絲情面，至於他父親前田董事長因生長於困苦的戰後年代，堅毅與冷酷絕對超越前田光。

她還來不及擦汗，電腦螢幕就出現董事長面孔，那是一張完全不近人情的臉，不苟言笑，眼神冷漠，簡單詢問幾句話就逼得她冷汗直流。

短短不到五分鐘的視訊會談，曉若離開了會議室，一臉失神落魄地走回自己辦公室。

她收拾起文具用品，因為她失業了。

第十章　輪迴的考驗

1

碰一聲，前田光憤怒地幾乎撞飛辦公室的大門，他怒不可竭。

今天實在是倒楣到家，一早公關部通知他又上娛樂版新聞，還來不及安慰悅雪，就接到母親杏子的來電，臨時交代後天要返台，要他特別挪開行程陪同參加晚宴，還沒喘口氣他又趕著進下一個會議，開完會又有人告知曉若被父親炒魷魚。

失控的人事異動，亂七八糟行程規劃，部屬們馬不停蹄地修改，緊要關頭卻又失去熟識的左右手，他無法理解父親此時決定。

「我要連絡董事長。」他斬釘截鐵對日本總部提出要求，以執行長對董事長身分，公私分明。

在日本的前田慶廣完全掌控兒子行程，並預料他會急於對峙，正慢條斯理地在電腦旁等候。

螢幕接通，慶廣見鏡頭前的兒子一頭亂髮似極為忙碌，話語謙恭有禮，但眼底卻滿溢著不甘情緒。慶廣不禁在心裡直搖頭，兒子畢竟還是太年輕莽撞。

「所以，我想冒昧問董事長為什麼要臨時更換特助呢？」禮貌招呼後，前田光問。

慶廣凝視兒子，那眼神雖缺乏他平時看待部屬的冷峻，但仍未飽含多少親切，他冷冷回應：「身為董事長，調動個失職的特助也不是要事，執行長應該將重心放在對的地方。」

察覺話中有刺，前田光昂首說：「董事長帶領董事會，執行長負責營運，各自固守職責區分，才能為集團帶來最大的效益。」

慶廣蹙眉，這樣的對話似暗指他多管閒事，過去兒子從不是這麼回話，八成是沾染到不守規矩的習性。他微慍，不帶感情回說：「那我就是代表董事會監督執行長，近日執行長失常，狀況不佳。再說職責區分，你別忘了董事會有任免執行長權力。」

空氣霎時冰凍，慶廣的威懾讓他一愣，父親原是不怒而威的人，說重話的神情更是殺氣騰騰，他低下頭放軟身段問：「我只想知道曉若犯了什麼錯。」

「曉若？你說你那特助？你是在跟員工稱兄道弟嗎？職級不分。」慶廣搖頭。

即便前田光早習慣無法達到成父親的高要求，但父親一而再三的否定都讓他更加自卑，頭又更低了下來。

慶廣說：「她最大的失職，讓你犯下醜聞。」

「醜聞？什麼醜聞？只不過是我的私事……」

「住口！」慶廣拍桌斥喝，頓時安靜，力道及音量讓所有人為之一震，氣氛更加惡化。

他是多麼辛苦用心地栽培這兩個孩子，擅長藝術鑑賞的長男培育成執行長，精於財經企管的次子成為財務長，現在長子這般回話簡直是向他挑釁。

他怒斥道：「你是這樣跟我說話的？你代表的是前田集團。一個男人跑到破公寓幫女人倒垃圾，傳給人當笑柄，更何況那是什麼對象，有那麼多人可以挑，你不能挑個像樣的嗎？」

「你這樣說不公平，什麼叫像樣的，你又不認識她。」前田光聽見父親詆毀自己的女朋友，忿忿不平回話。

沉寂幾秒，慶廣語帶不屑，「我給你太多自由，讓你忘了自己的責任。」

隨後螢幕轉為漆黑。

結束與父親不愉快的對談後，前田光頹然向後癱在電腦椅上。眾人皆知執行長狀況不佳，全繃緊神經，不敢打擾他，整個辦公室寂靜得只剩他的呼吸聲。

這下可好，父親被激怒後決定也跟母親一同來台灣，可想而知將會是場硬戰，他不知道該怎樣保住悅雪，越想越心煩，他拉鬆領帶，鬆開釦子，想多呼吸一口氣。

正當他苦惱想著，手機鈴聲響起，也只有弟弟啟泰敢在這時候來戲謔他。

「怎樣？聽說你把老狐狸氣到拍桌，真有你的。」傳來啟泰笑聲，他背後戲稱自己父親為老狐狸。

「你還笑，我快完蛋了。」跟慶廣的一席對話，真讓前田光覺得快往生。

「你這是何苦呢，只要不搬上檯面，不招搖，就不會惹成大事，而且你還頂嘴，老狐狸最恨別人頂嘴，你怎麼有膽。」他呵呵笑著，沒說出哥哥頂嘴，讓他覺得大快人心。兄弟自幼在慶廣高壓的菁英教育下成長，最大共同點是都非常懼怕父親。

前田光仍心有不甘，抱怨道：「他沒問過我就換走我的特助，這根本是變相的懲罰。」

「懲罰」兩字勾起啟泰童年的回憶，他趕緊勸道：「哥，我忽然想到我們小時候，有次考試惹得老狐狸不快，他把Jordan送走了，你要小心……這也許是警告。」

前田光俊眸露出驚懼，Jordan是外婆送給他的生日禮物，一隻小黑狗，在偌大的宅邸裡，曾是他們兄弟最好的朋友，後來有次考試考差了，慶廣便以兄弟貪溺玩樂不務正事為由送走Jordan，讓兄弟倆傷心一陣子，再也不敢養狗。

前田光突然想到自己已經習慣狗仔騷擾所以不痛不癢，但悅雪一定很難受，「我不跟你說了，我有事。」匆匆掛上電話。

他想立刻衝到她身旁，但瑣碎雜事簡直淹沒他，更別提父母親帶來的威脅。

趕稿中的悅雪一見到手機顯示前田光來電，便飛奔到洗手間內，氣喘吁吁按下通話鍵。

前田光連珠炮彈關切，「你還好嗎？他們有沒有為難你？該死，我一時忘記我身邊有狗仔。」

「沒啊，小菜一碟，一下就甩開了。」她仍一派輕鬆，說完還呵呵笑起來。

他舒了一口氣，聽見她沒事放了心，柔聲道：「那報紙先不要看，公關部已經在處理，過兩天就好。不要煩惱，有我在。」

「我才不會看那種東西呢，自討沒趣。我沒事。」她紅著眼，努力控制顫抖的聲線，祈禱他別聽見哭泣過的沙啞聲。

「這陣子會比較忙，我父母要來台灣……他們某方面挺固執，給我一點時間，我來處理。」

「嗯，我相信你。」

他鬆了口氣後笑說：「好在有你相信我，剛心情真的很差，但聽見你聲音就好多了。我先去開會，有事打給我。」

「嗯。」

結束通話後，悅雪看見鏡中的自己滿臉淚痕，便自嘲怎會因為這點小事就被擊倒呢，哭哭啼啼一點也不像自己，於是扭開水龍頭，輕輕用水鎮定發燙的臉頰，好平復心情。

儘管生活被打亂，四處流言蜚語，至少她還有前田光，只要他也能夠堅守住，那些事又算什麼？

她樂觀起來，決定守著微弱的光芒，相信經過時間和艱苦的日夜洗滌後，終會走到隧道盡頭的日光下。

縱然她做好心理準備，但壞事向來一波未平一波又起。

下了班後皓鈞買了便當便直接送她回公寓。盥洗後的她正躺在床上敷面膜，期盼兩三天後鄉民們、狗仔們都對她失去興趣，從記憶中將她抹去，沒想到晚上滑手機時又見到網路媒體刊登另一則更令人咋舌新聞，讓她瞬間從床上跳起，面膜立馬整片掉了下來。

短短一小時新聞按讚數破千，還被分享三十二次。

她睜大雙眼，愣然唸出新聞：「三角戀？前田執行長PK記者。娛樂中心／李薇娟綜合報導。前田文化藝術基金會執行長前田光今早爆出與記者女友秘戀消息後，陸續爆出女記者早有穩定男友，且同為雜誌社的記者，交往多年感情穩定。具可靠人士指出，前田光與記者結識在〈HOPE！日本戰後藝術展〉，會後前田光以多金帥氣富二代形象輕鬆擄獲佳人芳心，這場秘戀曝光後，原本的男友才知道真相，兩人今早於雜誌社前拉扯……」

圖片正是稍早皓鈞在雜誌社拉她進雜誌社的照片，只見兩人動作倉皇，衣衫凌亂，單看照片確實可解讀為爭吵中情侶。

下方的留言更慘不忍睹，嫌貧愛富、台女、鮑鮑換包包等嘲諷字眼，悅雪的人格蕩然無存，名節化為烏有。雖然這些全在她意料中，早有準備，可是連皓鈞也被她拖下水，被人描述成戴綠帽的傻瓜。

「天啊！我怎麼又拖累皓鈞。」她抱頭喊道。

遂拿起電話撥給皓鈞道歉，「對不起，你看到新聞嗎？」

皓鈞語氣淡定說：「學姊不要覺得愧疚。倒是前田光死去哪？這種事不是可以用錢擺平嗎？」

「他還在處理公司的事。」悅雪說。

他啐了一口，「都這樣了你還為他講話，真是……神隱男友。」不能理解對方除了比他有錢外，哪點勝過自己，不該在的時候在，滿嘴嘴砲；該在的時候又不在，放學姊一個人面對狗仔。

見她不忍苛責，鐵了心護前田光，他也不多說，直嚷著：「這點事學姊別放心上，我現在跟朋友在咖啡廳，就先說到這裡。你早點睡，我明天同一時間去接你。」

他掛上電話，下巴一抬，對著眼前女子問：「難道你們公司都沒有辦法做些什麼嗎？」

曉若淡然笑了笑，「不是我們公司，我已經被炒魷魚了。」

「這關你什麼事？前田光沒保住你？」他不可置信。

「執行長有他難為的地方，畢竟公司主要還是在董事長手上，他就算為我說情，也要看他父親臉色。」

「我真搞不懂你們為什麼都要為他說話，像你喜歡他，過去卻還幫助他追學姊，這叫……君子有成人之美？」

「這有什麼好奇怪的，我早看透他不可能喜歡我，若他有喜歡的人，幫他一把又有什麼不對。就像陳奕迅〈富士山下〉歌詞，誰能憑愛意要富士山私有，你喜歡一座山，為他傾倒，但不可能擁有那座山，不代表你就要恨他，要朝著山裡丟垃圾，去破壞環境，我還是可以遠遠欣賞那座山。」想起多年的暗戀，她神采奕奕，雙眼炯炯有神。

皓鈞為之動容，「那你後來有什麼打算？」

「我要回家裡的婚友社幫忙，本來想說先跟你們告別，但剛好林記者這麼不方便。不管怎樣，幫我跟她說一聲保重。」

皓鈞點頭，心思卻飄在她說的歌詞上。

2

對有些女孩來說，撒嬌耍賴賣萌的人生較為輕鬆，但偏偏有些人，將嘴硬倔強視為體貼，怕旁人擔心；這樣的女孩，終究會多受一點苦，悅雪正屬於這種女孩。

前田光為迎接父母親到來忙得焦頭爛額，無暇顧及她，她也忍住不打電話，怕露了餡讓對方分神，只關閉手機和電腦的網路、電視報紙媒體，好封閉與外界溝通，避免被一則則怵目驚心的新聞和留言擾亂心情，更何況新聞的主角還是她，她決定當幾天鴕鳥。

傍晚沛然來電，焦急叫她快轉到某某台。

她哪裡還有心情看電視，「我跟你說我這幾天都不想看電視，反正那些酸我的話我都快背起來了，我要與世隔絕。」

「不是，你快看，是前田光。男人要被搶了，你還在家當鴕鳥！」沛然喊著。

悅雪聞言快速地切換頻道，螢幕中央站的真的是前田光，幾日不見除較清瘦外別無二樣，一身西裝革履，依舊英姿煥發，而身旁那女孩宛如牡丹般嬌豔。

由字幕可知站在女子旁邊的是前田光的母親——杏子，保養得宜，容貌僅四十歲，頭髮整齊向後紮個髻，銀白的亮鑽閃爍在黑色線條俐落剪裁的洋裝上，雍容華貴，標準貴婦人模樣。

她面對鏡頭時態度落落大方，勾起身旁女子的手，笑說：「石田家一直跟前田家保持友好關係，希望兩家往後的合作更加順利。」

女子害羞地笑，臉上兩抹紅霞讓牡丹更添艷麗嬌羞。

即便有不識抬舉的記者問到日前緋聞，杏子仍可不改笑顏說道：「孩子也有自己的交友空間，只是他太善良，有時候難免令人會錯意，希望大家給他們更多自由發展空間。」

她關掉電視向後一躺，怔然地望著天花板。

那艷麗如牡丹的女子在他身旁如此匹配，那自己究竟算前田光的什麼？為什麼這日子他不聞不問？趕著相親？叫她信任他，卻在鏡頭前與他人放閃。

她對他的信任像皺成一團的白紙。

3

記者會後緊跟著是五星飯店的晚宴，前田集團台灣分公司員工、媒體記者全受邀出席，杏子親暱拉著莉梨一一向前田集團的高層介紹，而莉梨貌美的外表和流利的中文很快就贏得眾人好感。

自然的前幾天關於前田光的緋聞全不攻自破，眾人心中暗自下定論，原來前田家早有計畫，過往那些不過是鶯鶯燕燕，貴公子打發時間。

杏子走向一臉鐵青的兒子，「怎麼不跟莉梨多親近，你看看你現在臉臭得跟什麼一樣，那麼多人在，要笑。」她親暱戳了他面頰。

前田光試著揚起嘴角，眼裡卻堆滿苦澀，他以一種懇求語氣說：「母親，我笑不出來，這不是我的本意，我並不想……」他想到要怎樣跟悅雪解釋就頭大。

「好了，別提那些人，外邊的事你要怎樣就怎樣，像你父親我也從不過問，但石田家的事你慎重考慮。」杏子不耐煩皺眉，中斷兒子對她的傾訴。

接受前田家繁榮的恩澤，沒有理由拒絕付出，像自己年少時也曾有過心上人，後來不也為了家族利益嫁給慶廣，夫妻相敬如賓，生了兩個兒子的她也算仁至義盡。

「悅雪不是你想像中那種女孩。」他略感不悅。

「不論她是什麼女孩，石田家掌握東日本銀行業，千萬不可得罪，快過去。」她再度向兒子使眼色，推了一把。

前田光眼一閉，嘆一口氣後走向莉梨，隨興舉杯敬酒，卻仍一臉不悅。

「你看起來……心情不好？」莉梨啜飲一小口香檳後問道。

前田光維持一向對外冷峻面孔，「沒有。」他只希望宴會快結束，中止這場戲。

感受到他的冷言冷語，但莉梨仍鼓起勇氣說：「我知道你跟我不熟，但我們可以試著了解彼此。我蒐集一些你舉辦過的畫展資料，真的很厲害，不管是什麼類型風格的藝術展，都處理的……」雄性動物最喜歡異性的崇拜，更何況是美麗的異性，一旦稱讚起對方，對方便容易放下戒心，這方法她屢試不爽。

「沒興趣。」前田光冷淡打斷她的討好。

他敷衍回應，未正眼瞧她，儘管知道她以美貌出名，但在這社會上已不乏美麗的容顏，他幾乎快對美色免疫，他現在腦海裡想著該如何對悅雪解釋。

她抬起那對冶艷的雙眸望向他，不懂他何以如此冷淡，「我做錯什麼嗎？」

殊不知前田光的壓力潰堤，不耐煩說：「你期望我說什麼？你沒有做錯，全是我錯。」

遠處的杏子趕緊湊上前推開兒子，在他耳邊小聲命令，「下去。」她轉身安撫莉梨，「這孩子最近壓力大了，你別怪他。我帶你去見崎田會社的社長夫人，他們家……」

莉梨一臉茫然目送前田光離去。從來沒有人敢這樣對她說話。

被迫離開的前田光可是開心極了，他悄悄退到出口處，身後衣領忽然被扯一下。

「兄長可是要開溜？」啟泰正促狹地對他微笑。

兩兄弟長相神似，但啟泰臉上多了兩個酒窩，較為平易近人。

「噓。」他比出噤聲手勢，假裝若無其事走入電梯。

啟泰搖搖頭，老狐狸是不會允許這種事發生。

即便到午夜，她關上所有的照明設備，房裡漆黑一片，她翻來覆去仍無法成眠，只因前田光與莉梨在鏡頭前微笑的身影仍在她腦海裡縈繞不去，儘管她試著數羊，畫面也是一個個前田光跳躍過柵欄，中間不時穿插著美麗的莉梨。她妒火中燒，滿腔苦悶，直至手機鈴聲響起，中斷她的失眠。

「喂？」她啞著聲音問道。

手機傳來前田光低沉的嗓音，「我在樓下。」

她沒想到他會來，立時下樓開了門，見他還穿著記者會那套西裝，忍不住酸溜溜問：

「你怎麼會來？不是有個大美女相伴，怎麼捨得離開？」

他苦笑道：「你就別挖苦我了，我現在是有苦難言，外面沒記者，快點進去。」

走進房內，前田光似乎非常口渴，快速地拉開汽水拉環，咕嚕咕嚕大口飲下。

「這麼渴？宴會沒東西喝？我看新聞是在五星飯店舉辦，前田集團捨不得給賓客們來點氣泡水？還是開瓶香檳王？我這裡可沒有阿爾卑斯山的雪水招待你。」她頭撇向一側不悅說著，打翻的醋罈子一發不可收拾。

雖然看見他還是快樂的，但新聞畫面已然成為她的心魔，難已嚥下的一口氣。

他坐在床邊，雙手合十，「對不起，我知道你生氣，我發誓我真的不知道那場晚宴主要是要介紹石田小姐，我根本忘了她是誰。」

「怎麼會忘記，石田可是大美女喔。」她誇張抬高音調。

「石田小姐嗎？聽說是吧，但那又如何，小雪才是我心最美的風景。」

她笑了。聽他用「石田小姐」生疏地稱呼莉梨，她稍微寬心，但多日累積的委屈不少，仍追問：「你母親那是什麼意思？」

他捏著易開罐，「石田小姐是石田銀行社長的長女，母親想要借助石田銀行勢力，對於後續創投基金會有幫助。你也許不能認同她的作為，但廢除華族後，母親和父親的家族確實靠聯姻免於成為沒落貴族和變賣祖產一途。」

「所以……華族的小孩不能擁有自己的人生嗎？因為這樣你就要跟那石田結婚？」

「小雪，再給我時間處理。」他準確地將鋁罐投入垃圾桶，向後一仰躺在床上，閉上眼睛喊道：「我也好羨慕自由的人生。快累死，讓我躺一下。」

她發現他眼眶下的黑影，縱有心疼卻無能為力。

「我能幫你什麼嗎？」

「我只要你相信我。」他說，「之前媒體怎樣報導那些我都不管，是因為我本來打算就這樣順著父母的計畫下去，直到遇見你，我想要過另一種人生，開始更喜歡這個世界。我只要你相信我，再多給我一點時間處理。」

「我試著。」她沉下眼，躺進他懷中，享受難得的安寧。

父母、莉梨、輿論這幾日鬧得沸沸揚揚，生命的考驗像一拳又一拳的重擊令他難以喘息，唯獨在她身旁才覺舒緩平靜，所以很快的，他放下戒心，沉沉地睡去，小睡片刻後才離開。

4

如悅雪所預料，莉梨出現後媒體對她失去興趣，公寓門口和雜誌社不再有狗仔聚集偷拍跟蹤，一窩蜂全轉移陣地到莉梨下榻的飯店站哨。

然而嚴酷的考驗接二連三而來，並未給她喘息機會。

當她如往常上班踏進辦公室，便發現空氣中充斥著肅殺氛圍，眾人對她投以默哀的眼神，連沛然也一臉戒備惶恐，拉拉她的衣袖。

沛然靠向她耳邊，悄聲說著：「大魔王在等你來。」

「什麼？」她一頭霧水。

沛然表情怪異，吞吞吐吐地說：「前田董事長，今早……」

話還未說完，老賀滿臉驚懼，從會議室出來跑向她，緊張的汗水潺潺流下濕透了襯衫，他走到悅雪辦公桌前，「你終於來了……」喘口氣後繼續說：「我們的大股東，前田董事長突然來訪參觀雜誌社，關切起營運狀態，他剛要求跟你私下會面……」

她深吸一口氣，要求自己鎮定。

老賀接著說：「如果你真不願意，我就說你有病不舒服……」想起剛會議室內慶廣隨口問的幾個問題，看似無心，卻犀利點出雜誌社隱藏的問題，句句見血直言雜誌社高層管理不善。想當然爾，與外甥女的私下會談不會是個令人愉快的經驗。

舅舅的關懷讓她覺得窩心，但她不能牽連舅舅苦心經營的雜誌社，「我去吧，他會吃了我不成。」

眾目睽睽下她走向會議室，宛如赴沙場的戰士。

董事長的隨扈見她身影，便自動從會議室內步出，井然有序地站立在會議室門口。

而會議室內早布置妥當，前田慶廣坐在環型會議桌的主位上，面前擺放一張椅子。

她微微點頭致意後坐下，雙手交疊放在膝蓋上，好掩飾住顫抖。這樣場景像極一場面試。

慶廣不發一語，認真端詳起悅雪。

與多數日本女孩精緻妝容不同，兒子心怡的對象脂粉未施，容貌雖不及莉梨的嬌柔，卻有種清秀端正氣息，特別是那雙眼睛，居然敢對上他的視線，連公司諸多男性員工都不敵他的威嚴，她何以如此大膽。他或許有些懂得兒子的堅持，但為前田集團、家族的利益考量，他需要的是石田家勢力，不是林悅雪的勇氣。

「我直接說吧，光將與石田會長的女兒訂婚。」慶廣做事向來只有告知，沒有討論餘地，一開口便不容質疑。

「是你們的意思，還是光的意思？如果出自光本人想與石田小姐訂婚，我不會阻止。」她堅定回答。

慶廣掃視悅雪表情後說道：「是我或是他的意思都不重要，但石田家才能幫助前田集團。」

「既然是他的人生，他的意願怎麼會不重要？他是個活生生有血有肉，有想法的人。」

她不由得為前田光說情。

慶廣噗嗤一聲冷笑後，不以為然地說：「年輕一輩總覺得自由意志有多重要，殊不知晚年將為年少的天真付出代價。」他向前靠近，眼神流露難得笑意，「林小姐，坦白說我欣賞你，你與光的事我不干涉，只是奉勸你，別存有多的妄想。我的母親謝涓也是台灣人，我體內也流有與你相似的血液，懂得你們在逆境裡也不放棄的精神。可是，我也是日本戰敗後倖存的一代，經驗教會我的是要在社會上拚搏靠的不只是精神，是實力！」

她無法反駁，只說：「人一生短短活著不就為了成就自己。」

慶廣毫不遮掩看著手錶，「我沒有多餘時間跟你討論人生，環境階層不同，你如果是站在我的位置上就不會說出這些話。」鄙夷道：「成就自己是自私，取之於家族、社會，全不用付出？石田家給光的幫助他現下被愛沖昏頭看不見，但未來他會感謝我，反之父母雙亡，舅舅資助，育幼院長大的你，能給他什麼？」為免去會談耗太多時間，善於攻陷人心的他決定直搗黃龍。

「你調查我？」她不悅皺眉。

「別把我們的世界想得太單純。光會回到日本與莉梨訂婚，我話到此，希望你好好考慮。」

眼見慶廣如此強勢，她有些慌亂，「這樣計算的人生你就沒有後悔過嗎？」

他高傲地說：「目前沒有。」隨即起身走到會議室門口，他已順利達成這次會面的目的，準備回公司。

她怔然問道：「光比你想得還愛你們，為了你們，他已經犧牲自己人生、喜好去討好你們，就不能，讓他活得更自在點？」她想到光的身影，一陣心痛。

慶廣停頓，「兒子犧牲」這句話像烙印般在印在他心底，似要動搖他的價值觀，但他為兒子的將來所付出的一切難道還不夠多？

他最後只說：「荒唐。」

第十一章　遙寄星空的思念

遙望星空，想到我們都籠罩在一個月光下，就覺得你還在我身旁，我並不孤單。

1

她不貪不求，只因喜歡上那個湊巧姓前田的男人，便遭逢各界的撻伐，就算她努力地想為這段感情灌注信心，然而官方宣告的新聞稿卻在與光會面後隔天發出：前田集團執行長與石田銀行會長長女相處和諧，兩情相悅，下周將回日本訂婚，堪稱日本華族聯姻盛事。

她嘆了口氣，暗笑自己天真。

前田光迅疾地關閉視窗，氣憤喊道：「這算什麼？欺人太甚！為什麼會有這種新聞稿，是誰發的？」

新來的特助恭敬回答：「董事長的意思。」

前田光狠狠瞪特助一眼，這人簡直是父親的眼線。前田光喊道：「我要見董事長。」

特助掛上如面具般的笑臉說：「董事長交代，執行長有任何意見可在今晚的家宴提出，屆時石田小姐也在，請執行長多備份禮物。」

「莫名其妙！」他一邊悻悻然地說，一邊走進辦公室私人洗手間，有父親的眼線在，做什麼事都需要格外謹慎。

悅雪想必也接收到新聞稿訊息，他既心虛又愧疚，曾經以為能守護她，卻相繼帶給她一連串的痛苦，但要放棄，他又好不甘心。

他咬著牙，撥打著電話，不懂自己現下還有臉可以理直氣壯請求她相信，給自己時間嗎？

電話撥通後，他立即道歉，「小雪，對不起。」

她輕笑，淡淡地說：「為什麼要說對不起，好像你已經決定要對不起我一樣。你是真心喜歡石田小姐嗎？」

「沒有，一點也沒有，那是父親發的新聞稿，是我無能，無法阻止他。我會試著跟他說清楚。」他聲音沙啞。

「你父親他……找我談過。光，我知道你的為難，不論你做什麼決定我都尊重你，但是請你別一再失去我的信任，別……一再說要給你時間，給我希望，等到的卻是你將要回日本訂婚。」她終於忍不住說了。

早上看到新聞稿她整個心神不寧沒辦法上班，急急下午請了特休，老賀也不阻攔，直嚷要她好好去散心。

前田光焦急地說：「再相信我一次，我會在今晚的家宴跟父母親說清楚。」他實在不知道自己為什麼還有臉請求她的信任，但他不想失去她，反正今晚不論父母說什麼，他只要抵死不從就是。

「我不能接受你父親說的那種關係，我也有我的自尊，也受夠一再失望。光，我只是一個平凡人，如果你無法決定，或……決心回日本，那就好好做你的前田執行長吧，我們就別再見面。」她下了最後通牒，語調平板冷清，沒人知道她下午已哭過一輪。

「我懂你意思，你放心，我不會回去。」他掛上電話，面無表情地坐回座位，而坐在辦公室門口處的特助正為他準備家宴要給石田莉梨的禮物。

唰一聲，前田光長手一揮將桌上文件全掃在地，他頹喪黯然地趴在桌上，他覺得自己好失敗。

飯店頂樓懷石料理的餐廳內，總經理正馬不停蹄的指揮著，他一一調整每道菜餚的擺盤，更細心檢視每位服務生的儀態。

今天不曉得哪裡出錯，明明就是歡樂的家宴，早調度最優秀的日籍廚師支援，菜色、服務更萬無一失的完美，為何包廂內的貴賓每一位神色鬱鬱寡歡，如同嚼蠟？他趕緊再一一巡視廚房和整頓服務生，期望在有限的時間內扳回一成。

和式包廂內，即使面前食餚的擺盤再優美，前田光僅動兩口後便放下漆木筷，他正襟危坐後看向父親，幾度開口想詢問新聞稿的事由，全被父親暗示的眼神擋下。

坐在末座的啟泰也被這嚴肅氣氛搞得食不下嚥，為怕說錯話成為砲灰，他只求母親能說些話好填補空隙，因為父親雖對兄弟嚴厲，卻極為尊重母親。

善於交際的杏子笑著對身旁的莉梨說：「明天就要回日本，不知道石田會長和夫人喜好什麼呢？飯店樓下還有些工藝品店，算可以上檯面，晚點陪光一起去選。光雖然是藝術大學畢業，但選東西還是不如女孩子細心，你可要多幫他，免得他得罪石田會長。」

莉梨一臉嬌羞，似乎已鞏固住前田光未婚妻位子，「父母的伴手禮就不勞你們費心，我早有準備。另外父親常誇前田執行長藝術品味和經營管理能力，像執行長這樣人才如果當畫家太浪費。」

前田光聞言一臉鐵青，莉梨的話正刺在他心裡最引以為憾的地方，「石田小姐，我並沒有要跟你一起回日本。」

啟泰嚇到快把嘴裡飯菜給咳出來，真沒想到哥哥今天這麼嗆辣，看來今天不好過，他放下碗筷，決定先去避風頭，細聲說：「我去洗手間，你們慢用。」輕手輕腳地退出包廂。

莉梨愣了愣，不知所措地看向杏子。

杏子連忙打圓場笑說：「這孩子常鬧脾氣，機票早早就準備好，新聞稿都發了，怎可能不去呢？他就是這種脾氣，你以後可要多擔待他些。」

「石田小姐，你明知道這幾天我們沒有多大交集，那些新聞稿自然也不是我發的，更非我本意。」前田光全然不顧母親緩頰，繼續說著。

慶廣凌厲的眼神如箭射向前田光，但前田光仍不為所動，「石田小姐對我個人喜好、個性、人生價值觀皆毫無頭緒，這種沒有感情基礎的婚姻，石田小姐可願意？」

莉梨一臉茫然，桌下的手指捏得泛白，緩緩說：「沒有感情基礎，誰說沒有感情基礎？就算現在沒有，感情也可以培養，我們的父母，不都是這樣……」

前田光把心一狠繼續說：「石田小姐的說法有所偏差，你毫不瞭解我，其實我早……」

「前田光！」慶廣厲聲喊道。

杏子拉起莉梨，「石田小姐抱歉，這孩子跟父親最近有點糾紛，我們到外面說去。」

莉梨眼淚在眼眶裡打轉，但畢竟遵從名門閨秀風範，她收斂神色強忍淚水，起身對在場人微微點頭致意後快步離去。

「你是瘋了是不是！」慶廣吼道。

前田光端正跪坐在榻榻米上，對慶廣鞠躬道：「請父親成全。」

「成全？前田家愧對你嗎？我給你最好的教育、顯赫的家世，只要你守著這個家，很難嗎？」他沒料到苦心栽培的兒子給他出了洋相。

「我記得你們的恩德，可是我也有想要的人生。」前田光沒有抬頭，目光死死盯在地上的榻榻米上。只怕今日不把話說開，怕是來日後悔。

「人生？前田集團執行長，你還不知足？」慶廣蹙眉問。

他繼續維持躬身姿勢，「我想要的生活並不是這樣，我想當畫家，是你們說我沒天份，是你們說前田家需要我，現在不僅要奪去我的興趣，連婚姻……」淚水正順著他的臉龐滴落在榻榻米。

「夠了，住嘴！」慶廣忽然想起那女孩說的「他已經犧牲自己人生、喜好去討好你們了」，他深吸一口氣站起，朝著大門走去，經過兒子身旁時落下一句，「明早準時上飛機。」

前田光不發一語，全身肌肉因緊繃而僵硬。

母親不知何時已返回包廂，蹲下輕拍他的背說：「光，答應母親，這是我最後的願望。」

2

一輪孤冷的上弦月高掛在陰森的夜空上，銀光灑落在藝旦間閣樓的地板上，對比華貴的紅磚瓦房外牆，閣樓是如此破爛不堪；屋內僅有一小扇方窗，空氣滯悶，帶著一絲陳腐味，方窗外鑲崁的鐵欄全生了鏽，一盞自天花板垂吊而下的昏黃燈光是唯一的照明，隨風搖曳，忽明忽滅，隱隱照出地上女子蒼白的容顏。

這裡曾囚禁過月桃，現今正囚著月檀。

被颱風席捲後的大稻埕一片死寂，只剩點點細雨透過沒有屋簷遮蔭的窗戶飄落在她孱弱的身上，而她就這樣毫無反抗地任雨水浸濕她的身軀；那些偶爾吹進的陣陣刺骨寒風，讓她的四肢、身軀、臉感到冰冷，並逐一冷卻麻痺她的感官，而她槁如死灰的心早就徹底絕望。

日晷全亂了序，時間因哀傷而拉的好長好長。忘了是第幾天了，自她從台南州被擄回的那天算起，她便以一種哀莫大於心死作為反抗，漠視周圍人事物，不吃不喝不笑不語，終日神情恍惚。滿姨也拿她沒辦法，只好先將她鎖在幽暗的閣樓，預料餓個幾天月檀會跪地求饒。

「好臭！」香蓮開了小門，用手絹摀著鼻子，微弱光線照出整面發黴的牆壁，空氣濕冷陰寒，地上積著薄薄一層雨水，「這地方不能住人，水都淹進來。先把她挪出來吧，不然會出人命。」

滿姨瞧著躺在窗下的月檀一動也不動，心一狠踢了踢門口那從昨日就原封不動的飯食，「那丫頭從小就倔，不餓到底是不會妥協的，若真死在我這算我晦氣。」

兩人在門口地嘀嘀咕咕指指點點後又關上了門，始終沒將月檀抬出。

月檀發著高燒躺在雨水裡，她病了好幾天，過往澎潤的雙頰凹陷，大眼無神地半闔半睜，她虛弱地做著一個又一個夢。

身上的痛楚和飢餓並沒有讓她徹底怨恨人生，某方面她還深信自己是幸運的，起碼那日龍山寺的菩薩讓她願望成真，兩個月的短暫相守則是她人生幸福的精華，抵過靡費時光的虛無。只是後來呢？這幾日陪伴她的唯有一盞將熄未熄的燈，銀白色的冷月，門口一碗發酸的菜餚，和樓下偶爾傳來香蓮與客人的笑罵歌聲。

她轉頭望向窗外的明月，乾燥脫皮的雙唇因虛弱發不出任何聲響，僅哀鳴著，哀傷的眼眸如一潭乾涸的泉水，已無能流出任何淚水。

她打算就這樣躺在地板上等待死亡。一個沒有自主權、受制於人的人生，還要它做什麼？這輩子她愛過，也被愛過，真切感受到幸福過，足矣。

就這樣悄然的離開這世界吧！她慢慢闔上眼皮，任感知逐一離她而去。

然而外面傳來的叫罵聲引起她的注意，多日未進食她無法站立，雪白纖細的手試圖攀上窗欄一探究竟，但終究只能無力地以手指撫著牆面。

她只能側耳認真地聆聽，想分辨出其中是否包含古谷的聲音，但耳邊只有滿姨和看門人的咒罵聲。這樣微弱的咒罵聲反讓她擔憂，她心想著自己死了也算解脫，但古谷呢？兩人中要是有一人還執著於許諾的誓言而癡癡等著，孤單地活在世上，不是太可憐了嗎？她情願等待者是她，不是他。

窗外的聲音逐漸消停，她緩緩地又躺回地面，重回冷光的懷抱。

她突然羨慕起月亮，夜晚時能伴隨在心上人左右，不過說起來，自己不也跟著老師在同一個月亮下嗎？遙望著同一個月亮，想來距離又更近了。

一想到老師孤單的身影，她就無法輕易地放棄。她撐起身子，用僅存的力氣匍匐爬向門口，捧住那碗不知放了多久的飯菜和水，一口一口地吞下。

她要活下去，守得雲開見月明。

凌晨三點，她由夢裡驚醒，滿身大汗，心臟仍劇烈地跳動，她喘著氣，用衣角擦去淚水後起身倒杯水。

隨著謎底揭曉，她已經很久沒做夢，剛卻又忽然夢見閣樓裡的月檀。

她握杯的手還顫抖著，徒留著夢中悲絕的情緒，一臉哀傷。

這個夢，像是個不好的兆頭，宣告一場離歌，注定讓她一夜無眠，於是她打開窗戶好透透氣，望著月亮，驚覺今晚的月色同數十年前一樣滄桑。

蒼茫的月色讓她無暇注意，舊公寓樓下一輛黑色轎車內，一名男子正趴在方向盤上，壓抑著思念。

他已無顏再見她，選擇待在同一個月色下陪伴她。

3

「你去勸勸她吧！她已經好幾天都這樣。」沛然輕推身旁的皓鈞。

悅雪正認真地撰寫採訪大綱，在前田光回日本後，她的情緒淡定超乎眾人想像。

皓鈞看悅雪一眼後又將視線移回電腦，繼續修改下期雜誌的封面照片，「這種事你要勸你自己去，讓她一個人靜一靜一段時間也許就好了。」

沛然擔憂說：「不是這麼說啊！壓抑不哭反而更有事，你不是她的鐵粉嗎？這不是你的好機會嗎？」

他白了沛然一眼，「我沒那麼無聊好嗎，是你說過人生不是只有愛情的，所以我正在事業上力求表現，況且傷心失戀也不一定要張揚啊，她已經傷了心，還要失去自尊到處哭才是正常嗎？她想說自然會說。」

沛然小聲罵道：「你們男人也真無情，之前前田光看來對她很上心，怎麼一個銀行大老的女兒就把他拐回日本，她一定很委屈。」

「你們女人也真八卦！人走了就走了，細節我們也不知道，不要再講這個了。你要是不放心就多陪她。我最近有事。」

沛然不解看向皓鈞，想不到一向溫馴隨和的他也開始有自己堅持。下了班後，沛然輕靠向悅雪問道：「待會要不要一起吃晚餐？」

悅雪沉默地搖了搖頭。

她繼續討好道：「那還是要跟我去看電影？我有多的公關票喔。」

「改天吧。我好累，我想回去休息。」悅雪輕聲拒絕。

「那還是我們去喝一杯，我請客。」

悅雪轉身面向好友，輕描淡寫地說：「你不要再煩惱我了，我沒有事。」

「你怎麼可能沒有事！發生這種事一定很難過吧！要怎麼幫你，你說，除了買兇殺人不行，一起喝爛醉、旅遊、聯誼、暴飲暴食我都陪你。」沛然拍胸脯保證，正氣凜然。

悅雪嘆口氣，「如果真的關心我，從今以後就不要再提到他的名字，不要再說到這個人，不要再讓我看到任何跟前田集團有關消息，我與他從此了無瓜葛。」說完背起背包，走出辦公室，留下一臉呆滯的沛然。

悅雪在雜誌社樓下的便當店隨手買了餐盒就直接回公寓了。過往她總是嫌那間便當店貴又不衛生，但現在她已經全不在乎了，連續光顧一星期，甚至每天都點一樣的排骨飯，就連有天老闆給成她最討厭的豬腳飯她也照吃不誤。

她明白現在情緒狀況不好，穩定規律生活最適合養傷，索性下了班哪裡都不去，什麼都不多想，直接回家洗澡吃便當看電視睡覺，相信時間能淡化傷痛，不過就是場失戀，誰沒有過？至於〈雪地的月光〉也早被她緊密包裝後藏在衣櫃上。

這段感情於她短暫地如同一場豔燦煙火，美好燦爛，如夢幻泡影。

前田光就那樣消失，雖然說是自己要他選擇，他也是走的乾脆俐落，沒有道別，沒有解釋，不留下痕跡，好像兩人從未交集。

也許將自己視為被辜負的受害者較好過，畢竟憤怒比被遺棄的失望情緒還好受，但偏偏她又恨不了他，只有濃厚的無奈。

在沒人看見的家裡，闔家歡樂的《功夫熊貓》前，她的眼淚就這樣簌簌地落了下來，暗罵自己沒用。

第十二章　希望的力量

人跟人相處不是非要Happy ending才叫意義，某些時刻，相遇相處的歷程本身就是意義。

1

「哎呀！」悅雪萬分扼腕嘆息著，要是在上一條路轉彎就好，錯過路口又得駛好長一段路才能迴轉。方向感差如路癡，即使對照著Google map路線還是常走錯路，她趕緊撥打電話給皓鈞，請他晚十分鐘再下樓。

時光如白駒過隙，消逝不過彈指間，一段感情終結毀滅不了誰，她只得學著在生活裡茁壯。

她轉動方向盤，開著去年因工作需求而添購的新車，從此不再需要誰來接送。這是她工作多年第一次請了近十天的年休，也是第一次一個人自助環島，計畫一路從宜蘭花東墾丁高雄再北上台南台中台北。

今天是第六天，帶著雜誌社同事要給皓鈞的離別禮物到高雄。

這兩年她投入大量時間在工作上麻痺自己，除了精進撰稿功力外，也參加不少藝術鑑賞課程，精闢的解說和文字運用功力得到眾人認可，在業界頗有盛名，若非老賀是她舅舅，她早跳槽。至於感情，慶幸那段時間同事和老賀刻意排除前田集團相關資訊，她恢復比預期還快，情感的傷口早結成了疤，不痛不癢，偶爾撫摸著肌膚凹凸紋理才會想起。

她搖搖頭，將他拋向腦後，聚精會神地等待下一個迴轉，就當那段感情是意外插曲吧。

尋著皓鈞的地址停在社區門口，便見他挺拔的身影。

「林主編，又迷路了，看來需要請司機了。」皓鈞坐上副駕駛座後打趣笑說。

「別笑我了，哪裡有好吃的？我先說我請客，慶祝你夢想成真。」

「前面直走右轉，有間頂樓餐廳景觀正好，可以俯瞰高雄港。這次我請客才是，慶祝你高升。」

她笑了笑，不推辭，反正等他去洗手間偷偷先結帳就是。

兩人進了義式餐廳，一邊吃飯一邊回味往事。這兩年變化之大，一向高喊追求輕鬆閒散人生的沛然，居然另起爐灶，成了政治新聞記者，每天在五院前橫衝直撞；而皓鈞上個月通過電視台戰地記者甄選，下星期將前往緬甸，那個正施行武力鎮壓民眾的國度。

聊著聊著，夕陽西下，暮色籠罩高雄港，華燈初上，絢麗的霓虹燈映照在如鏡的水面上，一片璀璨熒然。

「學姊，待會……我們去一個地方好嗎？」他望著美景問。

「嗯？」

「正昌中學。」那是他們的母校。

她點頭。

由哪裡開始的暗戀，也將在哪裡結束，從此了無牽絆。

入夜的正昌國中仍是熱鬧，籃球場上聚集一群男孩，吆喝鼓舞聲此起彼落，三三兩兩的慢跑者消耗著囤積多餘的熱量，晚風徐徐吹拂，兩人愜意地漫步在跑道上。

「你約我來這做什麼？不會是剛吃太多要跑步吧？」她走在PU跑道上，對前方皓鈞的背影問。

那個從前總跟在她身後的人，她都沒發現他的肩膀是如此地寬闊。

「散散步。這裡也是我夢想起源地。」皓鈞雙手插在口袋，望著那幾棟灰白的校舍，若有所思。

她想起皓鈞國中被霸凌，順了順被風吹亂的髮絲後問：「你住這附近應該常來吧？」

「沒有，我畢業後第一次來。我想來這跟你道謝，」他轉身對悅雪說：「沒你我可能不知道會變成什麼樣的人。那時候真的很恨，那麼多人知道，卻沒有人伸出手，只有瘦小的學姊，默默幫助我，我都還記得。」

「皓鈞⋯⋯都過去，忘了吧。」

「痛苦的回憶不是只有遺忘一途，發生的事都是有意義。至少我活了下來，活過不快樂的國中，後來追隨學姊身影好幾年。」

「皓鈞，對不起。」他陪伴多年，卻始終無法走進她的心。

「不是，學姊沒有對不起我，應該說從那時候起我太依賴你，在你身邊就覺得有安全感，將依賴看成愛情，卻忘了我也可以勇敢。直到你和……那個人，我才心死，如果沒有你的拒絕，我不可能有勇氣放手去準備戰地記者。」他給她一個諒解的微笑，「人跟人相處不是非要Happy ending才叫意義，某些時刻，相遇相處的歷程本身就是意義。」

「你怎說動你父母？這工作比你想得危險。」深入世界上最危險角落，等同將生命做為揭發真相的代價。

「他們很反對，但這件事早討論好幾年，漸漸知道這份工作對我意義重大後也妥協放手。」他雙眼熠熠生輝，「我並不是懷抱浪漫理想去做這件事，只是沒人比我更懂那種被壓抑的心情，但光熱忱是成不了事，要天時地利人和，而現在正是最好的時候，我知道我做得到，去錄下世界上各種不一樣的『發聲』。」同事都覺他的甄試通過很突兀，沒人知道他準備將近一年，包含語言、人脈、專業知識。

「皓鈞，我為你感到開心，但也很擔心，在緬甸千萬要小心。」

「會的，學姊等著看我深入的報導，絕對不是拍拍漂亮照片而已。」他自信笑著，已不再是追著學姊背影的暗戀者。

「對了，學姊，你有沒有想過……去日本？」

她愣了一下，懂得他的暗示。「日本？他已經做選擇，就過去了。」

「你勇敢，但自尊也很高呢。學姊，你記不記得你以前跟我說記者最重要精神？」

「對真相追根究柢。」她說。

皓鈞點點頭，「放下你的傷心，認真想吧。」

對真相追根究柢？她在心裡喃喃自語。

送回了皓鈞，她回飯店休息，預計等明天一早拜訪育幼院後回台北，並著手整理起下周行程表，到了十一點準備闔上筆電入睡時，皓鈞所說「追根究柢」的精神飄進她腦海中，她頓了頓，開啟筆電，打開桌面中那名喚雪地的月光檔案。

她一一瀏覽檔案內容，回憶也再度展開：從〈HOPE！日本戰後藝術展〉撰寫新聞稿開始，到印象惡劣的初次採訪，兩人理念不合起了爭執，還有拍賣會中他的惡作劇，火災中的出手相救，雅筑生技他背地默默幫忙，台南之行的鳳凰花和告白。

檔案裡有幾張是他花邊新聞的截圖，每一個看似不經心戲謔微笑，全只是世人對他的誤解。

其中不乏有趣的片段引她發笑，直到心底的疤隱隱作痛後，她才闔上筆電。

一早她退了房，便驅車前往山上的育幼院。因為長期在台北工作的關係，她有近五年時間沒回來，不然大學時她幾乎每個寒暑假會回育幼院帶小朋友活動。

但當抵達育幼院門口後她卻吃驚地發現，育幼院似乎早已經關閉或搬遷，脫漆的招牌歪斜，鐵柵欄門戶大開，門前花盆全枯萎，四處周圍雜草叢生。

她將車停在路旁，姍姍步入。

走過石子路後，先是來到小型的運動場，是從前幼童嬉鬧玩耍的地方，再向後走是一幢破舊校舍，鐵鏽綠的門全沒關，任她來往自如。

她開始踏上階梯，經過一樓一間間的教室，彷彿還聽見孩童朗誦聲，環境卻破舊骯髒，窗戶玻璃無一完好；走到宿舍，還感覺昨夜躺在大通舖上，卻只剩幾張歪斜的鐵床；而遊戲間原本色彩斑斕的牆壁也面目斑駁。

幼年生長的環境就這麼憑空消失了，讓她不勝唏噓，好像人生可以隨時被抹去。

她猜測育幼院搬遷時極為匆忙，到處遺留著來不及搬走的桌椅床鋪教具等等。最後跨進職員辦公室，那是幼年頑皮的她唯一不敢踏進的領地；只見幾張破損的辦公桌零落擺放，積滿厚重一層灰，而地上亦有不少樹葉堆疊，牆上還掛有幾張照片和感謝狀，似乎不是太重要，索性搬遷時被遺留下，像被情人留下的自己。

基於憐憫，她一一細看這些泛黃照片，有育幼院創辦人與職員的照片和資料，因年代久遠泛黃難以辨認，下方有著簡短介紹，而一個熟悉的名字揪住她的視線。

古月檀（1923-1990）

芯芯育幼院首居董事之一，大稻埕裕田布莊經營者，台北大稻埕人士，因自身棄嬰經歷遂不忍見家庭失能、孤苦、失依及受虐受暴兒童及少年，故晚年變賣家產創立芯芯育幼院，致力照護弱勢孩童。

她笑了笑，果真如皓鈞昨所言「某些時刻，相遇相處的本身就是意義。」幾十年前愛而不得的戀情，造就一個藝旦成為布莊老闆，苦難的人生淬鍊出憐憫，後來創辦育幼院，庇蔭更多跟她一樣的孩童。冥冥中的緣分多不可思議，月檀居然留下一條後路給今生的她，無形中受到她的照護。

她本想拿起衛生紙拆下照片，後來又作罷，決定讓所有東西就留在原處，如果世間發展都有其原因，那就任其自由發展。

結束短暫的回顧，她坐回車內，笑著向著下一個旅途邁進。

2

「你怎麼了？禮拜五，眉毛皺得快夾死蒼蠅。」午休時新進記者Amy對總機問。

「我煩惱啊，燙手山芋，今天一早接到一通來自地獄電話。」這通電話後她心神不寧，轉機還撥錯號碼，鬧笑話。

Amy一臉疑惑，「地獄？你不就轉個電話，又不用負責回答處理。」

總機搖搖頭，無奈地說：「唉，帶你的人沒跟你說仔細。你有所不知，這是給林主編留話，但一旦說了我可犯了大忌。」

「林主編為人和藹，哪有什麼大忌。」Amy不以為然，覺得總機實在太誇張。

總機見四下無人，小聲在Amy耳邊說：「新來的，你沒發現雜誌社大股東是前田集團，但林主編卻從不經手前田集團新聞。」

Amy想了想，點頭說：「好像是。」

總機繼續說：「我去年剛來時前輩就有特別說，不要在林主編面前提任何前田集團的事。前田執行長聽說是林主編的前男友，後來一聲不響跑回日本跟銀行大老的女兒訂婚。」

「哇！渣男。」果然是新聞裡富家子弟常見的戀愛模式。

「所以你說，早上前田集團電話來訪，說執行長約林主編敘舊，這不是要我命嘛！你別看林主編像鄰家女孩那樣柔弱，聽說以前還跟直銷生技公司流氓對槓過，很猛。」總機繼續感嘆，「苦惱。」

「可是你要是不說就失職，你還是得說，要不，趁快下班跟她說，有事也不用直接面對她。」

總機想想說：「有道理，我要下班前說。」

悅雪仍在修改新的專欄企劃，這次專欄她投注大量心力，運用不少人脈邀請眾多藝文界人士合作，堪稱藝術界年度盛事，但即便老賀對企劃書讚不絕口，她仍絞盡腦汁，把握每次能修改的機會，追求創造一百二十分無暇完美的專欄企畫。

她忽然頓了頓，腦中勾勒出一名男子輪廓，他向來以辦事嚴謹偏執出名，如果是他，定也會這麼做吧。

此時桌機響起，打斷思緒。

「主編，已經五點……我要下班。」

「嗯，趕緊回家休息，掰掰。」悅雪有些錯愕，今天總機是怎麼了，下班就下班，還特意打來。

「那，我就先走，主編也趕快下班……嗯……那個，今早前田集團執行長留一個號碼，請你回電。」總機遲疑數秒，見主編沒有任何遷怒話語，趕緊唸完電話號碼。

掛完電話後，她發楞。

她本打算聽而不聞，卻發現無意間已將號碼抄寫在桌上的便條紙上。

那幾個陌生的數字，代表分手後他甚至改過電話號碼。

她拿著便條紙向後靠著椅背，說自己沒有一絲想念是假的，但對方曾堅決離開，見面的意義又是什麼。

到底該不該回電，想著想著，白色便條紙承接她的淚水，將筆墨暈開來，她趕緊拿衛生紙按壓，避免淚水糊去號碼，之後草草收起提包，快速驅車返家，打算躲回安全的窩。

她以為她痊癒，為什麼他一靠近，所有的防備又潰堤。現下，又為什麼再來招惹她。

然而車在台北街頭漫無目的地行駛，但並沒有駛回她的新居，而是停靠在一棟老舊公寓前。許老師的家。

她心情煩悶地按了門鈴，過了半晌，門緩緩的開啟了。

她親切地喊著：「許老師，不好意思打擾了，突然想找你聊聊。」

許老師笑著回答：「丫頭，你來我當然開心，快進來吧。」

這兩年悅雪逢年過節都會來探望獨居的許老師，兩人間產生一種默契，所以許老師能輕易察覺她的語調與平日不同。

「什麼事讓你這麼心煩？」許老師問。

「倒也不是什麼事。」她支吾其詞不知從何開口，心裡一團亂。

「丫頭，你不知道盲人的聽覺格外靈敏，你哭過？」許老師輕拍她的手背。

悅雪啞然失笑，聲音沙啞地說：「真瞞不過你，我心裡確實有點亂。老師，你通因果之事，我一直覺得奇怪，兩個原本相愛的人，他突然拋棄你，這樣緣份莫不是相欠債？不如不遇見的好。」

許老師呵呵笑了兩聲說：「不是這樣。」她雙眼凹陷的窟窿皺成一團，「丫頭啊，因果不是你想的那麼簡單，不只是單純誰欠誰，誰該來還債，有時候是一種執念，帶著執念去輪迴的人會想辦法遇見彼此，在來世牽引彼此。」

「可是，遇見了又要離開不如不遇見。」她黯然傷神地說。

許老師安慰道：「不是這樣。神佛不會莫名地賜給你好運，這世上也沒有不勞而獲的事。難不成去廟裡拜拜上達天聽就可以賺大錢？尋良緣？若真如此世上就只會是一片混沌，不需要地獄和天堂。」

「我不懂。」

「是考驗。神佛憐憫世人，前世未完的緣，或未了的劫，所以一再地重複直到你學會突破難關。因果給的考驗是你躲不過，只能面對。」

悅雪不斷反芻著許老師的話語，緊緊捏著口袋裡的便條紙。

3

她想過一百種和他見面的場合和機會，連故作輕鬆閒聊的台詞都模擬不下數次，昔日她極力避開所有與他有關的消息，但現下卻好奇這兩年他的變化。

離開她之後過得如何，與石田小姐相處幸福嗎？

與舊情人的會面讓她緊張萬分，整夜無法入睡。她再次拉平襯衫領，讓自己看來精神抖擻。

擔任主管職後的她不再著裝輕便，改以俐落幹練的套裝，也不紮馬尾，任一頭烏黑長髮柔順及腰，略施薄粉後的她更添嫵媚風情，然而身旁追求者漸多，卻始終覺得孤寂。

說過了不再見面，但昨日聽見電話裡不是前田光的聲音，她也著實失望一陣。對方自稱是執行長特助，似乎早預知她會回電，並未有多餘的詢問和轉機，僅代執行長快速敲定會面地點和時間。

會面的地點在大稻埕周遭的一間古老西餐，裝潢還保有昭和時期的懷舊氛圍，百底紅字的招牌，紅白格子相間桌巾，粉色皮革扶手椅。

她對著玻璃中自己的倒影，反覆告誡這只是一場普通的會面，說不定對方早結婚。

「林小姐嗎？」略帶腔調的中文在她耳邊響起。

她回頭，「是，請問你是……」她望著面前的男子，與前田光有類似的容顏，但眼神較溫馴可親。

啟泰揚起嘴角，伸出手，「我是前田啟泰，前田光的弟弟，也是現任前田集團執行長。」

為保護她，朋友同事全封閉所有前田集團消息，所以直到現在她才驚覺前田集團早已改朝換代。她快速隱藏失望和好奇，換上客套的微笑，握起對方的手，「《台灣藝界》主編林悅雪。」

接著啟泰介紹起身旁的長者，「古谷慎一，嗯……古谷遼的弟弟。」

「咦？」她仔細打量這位老者，雞皮鶴髮頗有年歲，但神采奕奕，一臉笑咪咪地看著她。

啟泰以日文向老者介紹悅雪完後，說道：「這事情有點複雜。我們先點餐後再聊吧。」

三人點了餐，悅雪食不知味地啜飲果汁，按捺住幾度欲脫口而出的疑問。

啟泰則略帶笑意，不時偷偷觀察起曾鬧騰前田家的女主角，暗讚對方也真沉得住氣。

待用過甜點，啟泰方開口說：「這次來主要有兩件事。第一件是哥哥離開前田家前託付給我——關於〈雪地的月光〉。哥哥回日本後惦記林主編的事，仍追查古谷遼的蹤跡，最後找到他在新瀉的家人。我受他之託，有任何消息要來告知林主編。」他轉頭向身旁老者致意。

慎一拿出一個凹凸變形的小鐵盒，古老而破舊，但仍可辨識出是一盒繪製著妙齡女子的巧克力盒。

他將鐵盒推至悅雪面前。

細看巧克力盒繪製的少女正是月檀的輪廓，活潑可愛的包裝盒撫慰戰後苦難的日本人民，成為當時知名廣告。

她撫著鐵盒，感傷道：「是月檀。他還是念著她。」

原來，他將思念轉化成另一個形式表達。

慎一對悅雪比出打開盒子的動作。

她打開沉重的盒蓋，裡面是幾封未寄出的信、精緻的髮夾、分類妥當的日幣、台灣銀行卷，每一樣都承載著眷戀，這是在遠方的他唯一能為她做——帶著微弱的希望期待相聚。

底部是一張泛黃的相片，當初在台南州的寫真館，兩人看著前方微笑，幸福即使隔了近一世紀還依舊鮮明。

「天啊，他沒放棄，他沒放棄她。」悅雪紅著眼激動地說著，那是月檀等待一世的答案。

她展開信件，黑色墨水躍於泛黃信紙上，古谷遼的毛筆字跡堪比女孩還娟秀，每一筆一畫規矩如影印字體。

「容我來為你翻譯吧。」啟泰伸出手。

她遞上信件後，將臉埋進雙手裡，準備聆聽那久違的情書。

啟泰以溫柔而乾淨聲音讀出信件，「我將以淚水為顏料，灌溉在名為思念的畫布上，願遠方的你一切安好……」

4

一九四六年。

一輛火車正從冰天雪地的新瀉通往南方。漫天大雪鋪天蓋地而來，縱使帶著懷爐，也難敵寒冷。

車上一名男子拉了拉破舊起毛邊的黑色披風，將自己裹得更緊，他焦急望著窗外，擔心今夜的雪下得太大，阻礙前往栃木縣。

他需要錢，需要快速完成寺廟修復的工作，再趕往和歌山縣承接下一個檔期工作。這趟任務的薪金雖不甚理想，但在戰後艱苦的時刻擁有一份度日果腹工作已是萬幸，更何況他還有更重要的事要做，他需要錢才能幫助她。

火車行駛不久後，便有車掌前來查票。

待車掌走到他面前時，他問道：「最近火車有誤點嗎？」

車掌點點頭，嘆氣道：「上禮拜就有一場大風雪讓鐵路全面停擺呢。今年也不知什麼日子，這麼不順。先生是趕路嗎？」車掌瞄一眼對方，纖瘦蒼白，高挺鼻樑和深邃雙眼，文人氣息頗重，可惜衣著寒傖，白費一副好皮囊。

男子推了推金邊圓框眼鏡，「是啊，我負責廟裡的畫修繕，一個檔期要是延誤，後面行程會全打亂，唉，就難交待。」

是不得志的畫家啊，車掌心想。但隨即注意到他右手背的疤，問道：「修復寺廟畫作也很危險吧，爬上爬下。」

男子意識到車掌停留在他手背上的眼光，並不加以解釋，只說：「這種時期只要有工作就得拚著做。」因多日未闔眼，他感到相當疲憊，於是簡短寒暄後，男子便將頭倚在車窗上，閉上雙眼。

他好累，決定先小睡片刻，待抵達落腳處的旅社後再寫信給妻子吧。他就這樣在火車轟隆隆聲響中，一路顛簸搖搖晃晃中沉沉睡去。

進了下榻旅店，他拒絕女將殷勤地詢問餐食，獨自回到房裡，拿出揣在懷裡的飯糰，米飯雖一路貼著體溫，但也早已乾硬冰冷。

他津津有味用完餐後，備起筆墨信簡。

致月檀：

今日台北州的天氣如何？今晚離開故鄉新瀉時，降下了一場大雪，我心裡原本滿是咒罵，擔心路程延宕，但隨即想到你喜愛雪，便覺大雪紛飛的雪景也格外美麗可愛了，如果你在，必然也為眼前的雪景感到欣喜。

離開南國小島，我回到了故鄉，身上的傷痊癒很快，接洽不少工作，順利的話，我很快就會回本島與你相見，所以你千萬別為此掛念和內疚，好好保重身體。

惡寒的天氣，艱苦的生活，對你的思念是我活下去的力量，而在本島幸福的歲月，亦是我日常裡的慰藉，每每想到牽手走過鳳凰花下，和你拾花而笑的模樣，疲憊殘破身軀又有了勇氣。我必須回到你身邊。

我將以淚水為顏料，灌溉在名為思念的畫布上，願遠方的你一切安好。

期待能早日與你相見。

十一月二十六日

說是寫信，但這些信要寄到哪呢？他也不知道，但等到某天他存夠了錢，回到大稻埕再親自交給她吧。

他珍重地從行李箱取出鐵盒，端詳外盒後露出得意微笑，這是他私心的秘密。他小心翼翼將信件放入鐵盒，相信總有一天她會讀到，不論再遠再久。

見天色漸暗，明一早要前往東照宮，遂決定早早入睡好養精蓄銳。

他拉著被褥，帶著甜甜微笑入睡，彷彿夢裡已見伊人倩影。

啟泰讀完最後一封信後，三人無語，仍沉溺在帝國興衰和大稻埕藝旦風華裡，像經歷一場漫天飛舞的雪花，眼睛被凍得發疼。

「後來呢？」半晌，她出神問道，後世的人早知畫師並沒如期未歸來。

慎一紅著眼哽咽，那麼多年他始終無法忘卻對生命滿懷希望的哥哥。

啟泰說：「一九四六年十二月，他前往和歌山修復無量寺，十二月二十一號南海大地震，規模八點零，死傷一千三百……他沒來得及……」

「就差這麼一點，為什麼，為什麼……」她再也無法壓抑眼淚，淚水像斷線的串珠般落下。

啟泰接續說：「慎一想將哥哥最貴重的東西留給你。」

她就像等了一輩子的月檀，哭喊道：「你知道嗎？他們就差一點，月檀後來不是藝旦，她有了自己的房子，錢，甚至有能力創辦育幼院，可是她卻不知道他已經死了，一輩子都等著他，一個無法實現的約定，她都不知道，她就一直傻傻等……」她無法接受這樣結局，她寧願古谷最後回日本娶妻生子，也勝過懷著遺憾死去。

啟泰安慰道：「不知道也是好結果。古谷不會希望她知道。」

她抬頭淚眼婆娑望著啟泰。

慎一憐惜地看著悅雪，低頭向啟泰說了一段話後，啟泰翻譯道：「他說樂觀的古谷曾說過『希望最大的力量不是促使人去達成目的，而是給人活下去的力量』，他不會希望妻子知道自己死訊後絕望，他做的所有努力，拚死拚活，就是要讓她活下去。」

悅雪怔了怔，隨後豁然開朗，拭去淚水，「就因為帶著希望，她才有勇氣擺脫命運，如果她早知道老師死了……」

啟泰點點頭。

她閉上瘦澀的雙眼，一陣靜默後問：「光去哪裡？」

「你終於問了，就從他回日本說起，搞得前田石田兩家雞飛狗跳，搞到我要收拾爛攤子……」他埋怨起哥哥，害他接下執行長位置，不然從前無事一身輕的日子多好。

第十三章　終章

因距離分離的戀人，憑藉思念，無論再遠，必然像繞一個圓圈，走回對方身邊。

1

「執行長，畫室準備好了，這邊請。」女管家必恭必敬指引方位。

這是石田家在靜岡的主屋，原是江戶時代石田家的藩地，在一百多年前明治維新改封伯爵時順道改建的歐式住宅。宅邸佔地近千坪，屬於華貴的巴洛克建築風格，歐式庭院，挑高拱型穹頂，大理石圓柱，晶瑩剔透的水晶吊燈，華麗色彩的壁畫，間以牆邊雕刻精緻的燭台點綴。

前田光一邊沿途鑑賞，一邊不忘挖苦道：「怪不得我父親一直撮合我們，前田家真是高攀了，銀行業果然比較好賺。」

「請不要這樣說話。」這些直率的話在莉梨耳中顯得格外刺耳，她本來有自信經過一段時間相處後，前田光會逐漸接受她，換來卻是一連串的挖苦，金枝玉葉的她哪受過這等屈辱。

他絲毫不受影響，繼續說：「對喔，你期待相敬如『冰』的婚姻。」悅雪曾說他牙尖嘴利習慣容易傷人，但若她不在他身邊，還要改進的意義嗎？還要害怕傷害誰呢？

莉梨停下腳步，反駁道：「你為什麼不能給我機會呢？」

「我早告訴你，我心裡有人，我只是因為母親才回來。你要的愛情，我已經給人，不在我身上，陪你演演戲倒可以，順便讓你認清這是不是你要的人。」

他一直沒對人訴說那天晚上母親聲淚俱下地求他回日本，甚至不惜拿出醫院報告，他成了唯一知曉母親病情的人。

那晚母子達成共識，既然媒體已放出訂婚消息，若取消婚約將讓石田家受辱，難說會遭受到什麼樣的報復，權宜之計是先回日本與石田會長斡旋，最好讓石田莉梨主動放棄，而另一方面前田光亦有私心，他要的是徹底自由。

下機後他便偕同莉梨直接前往靜岡拜訪石田會長，言談舉止雖然中規中矩，恪守禮節，但態度卻冷淡，明眼人看得出是一場單相思。然而石田夫妻極疼愛女兒，也盡可能為兩人製造機會，百般慰留前田光。無奈之下前田光只好在靜岡多留一周，而莉梨則緊緊跟隨，試圖激發火花。

「大小姐，你又不愛畫畫，跟我去畫室做什麼。」前田光不耐煩說。

莉梨甜甜地笑，「陪你啊。」

「石田小姐追求者眾，不需要執迷於我。」

莉梨鼓起勇氣，「你現下不喜歡我，不代表未來不會喜歡，感情是要主動去爭取，如果被拒絕一次就退縮那便沒有機會。」

「那也要看狀況，我不說了。」他揮揮手，雖然佩服她不屈不饒，但久了確實不耐煩。

進了畫室，前田光脫去西裝外套，捲起袖口，動作隨性卻優雅，露出結實手臂。

莉梨看著他帥氣挺拔的姿態不禁臉一紅，「你今天想要畫什麼？」

前田光覷了她一眼，「人。」

「那我可以幫你什麼？」她問。

前田光這時才認真打量起她的身形，「不然你坐在那好了。」

莉梨喜上眉梢，便坐定在白色歐風古董椅上。

已多年未執筆，剛開始他連用畫刀打底都顯生疏，但隨著時間的推移，過往色彩掌控和光影摩擬的技法也回來，更重要是他的情感，亟欲從心底流動於畫布上。

見前田光眼神專注望著自己，她害羞說：「今天不知道你要作畫。」

「不要說話。」他冷冷地阻止。因為她一說話，便會將他從幻想中拉回現實。

他在下筆的那一刻，彷彿活在另一個空間，那空間裡容納著他的眷戀。

莉梨本來有些委屈，但想到今日他肯為自己作畫，兩人感情更進一步，似乎離成功又近了。於是她換上一副甜美笑容。她期待假以時日他會知道她的好，那現下忍受的冷漠便不算什麼。

過了三小時，他滿意放下油畫筆，站定欣賞成果。

「好了嗎？」莉梨嫣然一笑，雀躍繞到畫布前。

但見到畫中人物她臉一僵，因為畫布上的那張臉不是她。

她呆滯看著他，「這是……這不是我。」

他卻笑了，「不是你，是思念。」失信於他是奇恥大辱，他不奢求遠方的她能諒解，但起碼他還是有思念的權利。

她美麗的容顏瞬間扭曲，帶著苦澀說：「那都過去，你跟她不可能有什麼結果。」

「石田小姐，你要花多少時間才會認輸？有些人就算不會在一起，也是不可取代。」

「我哪點不如她？」她從未有過這樣的妒忌，論家世、背景、學歷她都無懈可擊，在上流社交圈從不乏追求者，但她卻只為前田光傾倒，他的藝術才華、商業頭腦和外貌無一不吸引著她。

前田光輕笑，認真想了一下說：「說實話沒有，她是在育幼院長大，雜誌社的記者，住在一個破爛的屋子，像凶宅一樣。」說完還大笑，他想到初次踏進悅雪雅房的震撼，「她不像你這般溫柔得體，她有時堅持起來連火場都敢衝，還跟流氓打架。身為記者，卻可以堅持一個對的理念和採訪者爭辯。而外表，以普世價值來說，莉梨小姐艷麗無雙，像朵牡丹花，而她就像條秀麗的小河，看著就讓人寧靜舒服，那才是我心中最美的光景。」

她看著他這幾日難得露出的笑顏，徹底認清自己輸了，「那……為什麼？我輸在哪裡？」

「我喜歡她的善良勇敢，喜歡她倔強，最重要是她懂得我，跟她相處輕鬆愉快。」他笑著說。

「我也可以！」

前田光皺起眉頭說：「你喜歡的是你心目中完美的前田光形象，可是我不是那個人。你想想，如果我不是前田光，放下執行長身分，只是個窮畫家，你還會喜歡嗎？」

「當執行長還是可以從事創作，兩者不相牴觸。」她說。

前田光卻向前一步問：「但我問的是……如果我不是執行長，不是成功商業菁英，你還會喜歡嗎？」

莉梨睜大雙眼，巨大的壓迫感襲來，她無法正面回答問題，遂別過頭說：「為什麼不當執行長？那麼多人想要的地位……」失去財富、頭銜的前田光還會如她想像中的意氣風發嗎？

從她的避重就輕中他得到答案，「你有沒有覺得那些看似美好的東西，其實是空洞膚淺的？去掉抬頭、銀行帳戶、外貌，你還會喜歡這樣的我嗎？你喜歡是社會價值中的我，還是真實的我？我不想要這樣膚淺的人生，我總有一天會放下全部，我需要是一個真的可以懂我，可以相處的人。」

「也許我們相處久了，你又會改變，我們……可以動用石田家的資源做更多……」一定是那女人毀去他的志氣，她有把握可以用愛情喚回他本來的面目。

前田光卻轉而以一種哀憐眼神對她說：「你為什麼還不放棄，不論你再好，這世上總有人不愛你。」

莉梨臉色蒼白，眼淚在眼眶打轉，最後她咬著下唇，忿然轉身離去。

前田光看也不看她，逕自拿起畫布自言自語道：「我真的很想你。」

2

對比石田家洋派的歐風建築，前田家在京都本家的宅邸仍還保留著日式木屋造型。寬敞的起居間裡，啟泰正萬般無奈，正襟危坐聽訓。

慶廣從一早接到石田會長的電話後便氣憤不已。

長子返回日本，甚至依約到石田家拜訪，貌似溫順，卻在石田家鬧了不少笑話。他想到今早石田會長電話中暗指教子無方，簡直丟盡他老臉。

「前田董事長啊，這個……前田光是怎麼呢？好像跟過去不一樣。」電話裡石田會長若有所指。

「石田會長，你直說，光那孩子在靜岡給你們添麻煩了嗎？」

「也不是……就前幾天問他對前田集團未來發展想法，這孩子居然只回一句『順其自然』，我問他對石田家合作想法，他居然說『執行長這位子太辛苦，還是石田家有什麼好缺……』。一個男人這樣說話怎樣都不妥。」

慶廣為兒子答覆覺得丟臉，回道：「就最近跟我鬧翻，所以發脾氣胡說的吧！」

「他還這麼年輕存有這種想法總是不好，你要勸勸他。至於訂婚，你知道日本貴族家的女孩都貴養，受不了苦日子的，而且我們石田家沒有入贅的先例……」

先前他頗滿意前田光的才能，所以才願意替女兒進一步說情，但經過一周實際的相處發現全言過其實，前田光每天待在畫室，態度清冷，無心事業，也未鍾情女兒，因此他必須重新考慮。

慶廣隱約聽懂石田會長話中的暗示，加上「入贅」一詞更讓他萬分汗顏，他只能回答：「是。」

「至於訂婚……再看看吧。」石田會長說。

對方既然這樣說了，慶廣更無法勉強，吞下一口口水後乾笑，再說幾句應景客套話結束通話。

掛了電話後慶廣氣急敗壞急尋前田光，算算兩天前從靜岡離開，早該回來，卻仍不見蹤影。

「你說！你哥他是不是造反！」慶廣額頭青筋暴露，怒斥道。

啟泰強忍翻白眼的衝動，一向沉默寡言的父親這兩日為了兄長發了不少牢騷，說的話堪稱比他過去聽的二十八年還多，但機靈如他決定不多言。

慶廣繼續罵：「他兩天前就該回來，為什麼還不來見我！」

啟泰心裡直埋怨哥哥，造孽卻害他這兩天猛聽訓，跪坐的腳感到麻木。

唰一聲隔扇門被推開，跪坐在角落的管家還來不及反應，前田光逕自踏入，他泰然自若地走到茶几前盤腿坐下。

半個月不見，整個人身形更為消瘦，一頭亂髮鬍渣未刮，穿著休閒襯衫和牛仔褲，形象更為不羈，十足藝術家氣息。

啟泰見哥哥一副勇者無懼模樣，預料將有一場腥風血雨，於是決定發揮他的強項——開溜。

「哥回來了，一定有些話要私下父親解釋，那我就先出去。」他笑說。

還未等慶廣開口，前田光搭上啟泰的肩，笑道：「這件事跟你有關，你也留下來。」

你這害人精！啟泰心裡暗罵。

「你看你這是什麼樣子。」慶廣指著前田光鼻子大罵。

「父親，這就是我真實的樣子。」他微笑回答。從前一心想討好父親，活在一個框架裡，壓抑久了反抗的力道更為強烈。

那不在乎的模樣氣得慶廣吹鬍子瞪眼。他繼續問：「你跟石田小姐是怎樣？會長打電話來說你亂說話！」

前田光仍一副若無其事樣子，他緩緩說：「我沒有亂說話，我聽你們的話回來了，也聽你們的話去靜岡，我只是沒泯滅我的天性，作戲作到底而已。」他伸了懶腰後，隨手拿起桌上的茶壺為自己倒水。

「你是不是還在惱我？我說過你就跟莉梨結婚，其他的事，你私下怎麼做我都沒意見。」

「然後呢？娶尊女神供家裡？她是人，不只代表石田銀行的資源，況且一輩子兩尊木頭靠在一起有什麼意義？你沒有覺得她還是母親都很可憐嗎？嫁給一個從不關心自己的人。」他笑一聲後繼續說：「自小父親一直是我的榜樣，現在我卻怕活得像你。」

慶廣大怒，隨手拿起桌上剛斟滿的茶杯向兒子扔去，雖不是沸騰的熱水，但仍熱氣氤氳燙人。

啟泰早閃到一旁，及時躲過茶水的潑濺，茶杯則滾落在牆角。

前田光定定地坐原地，臉上冒煙的茶水正滴滴落下。他坐得直挺挺，眼睛一眨也不眨，好似什麼事都沒有發生。

見兒子如此堅毅篤定，慶廣頹然嘆息道：「我這樣的苦心安排你為什麼都不懂？」

前田光眼睛一沉說：「你說像你和母親那樣？你快樂嗎？你關心過她嗎？你知道她在哪嗎？」

慶廣一愣，思及與妻子的最後一次會面是上周，妻子說要回娘家，這幾日也未曾聯絡，但在他們夫妻關係裡卻也是常有，妻子向來以賢內助出名，盡可能不干擾他做事，以免他分心。

「你扯你母親做什麼？她好的很，就因為我們的努力，才撐過戰後蕭條時期，重振前田家。」

前田光嗤笑一聲，悲哀說著：「你連自己的妻子罹癌都不知道，可笑。」

慶廣和啟泰無法置信，兩人同時驚恐喊道：「你說什麼！」

前田光心寒地說：「你真的有關心過她嗎？她日漸消瘦，吞一堆止痛藥你都沒發現。回娘家？她是去開刀。怎麼都沒人起疑呢？還是真把她當成木頭，認為木頭不會生病。」

「你在說什麼！」慶廣怒不可竭，撲向前田光，抓住他衣領。兒子怒罵自己就算，居然還詛咒妻子！

「你都沒發現嗎？你有認真看過她嗎？守著一個架子的人生，不累嗎？你當真對她沒感情嗎？一點都不關心？」

「不會的，她還這麼年輕……」慶廣回想妻子的容顏，兩人雖然因為公事繁忙未常一起用餐，但近幾月見面時妻子確實略微清瘦，吞服著一堆又一堆藥丸，問起也只說是保健食品。

他沉浸在髮妻可能罹癌的震驚情緒中，當初確實是商商聯姻，但他們早發展出一種似戰友的關係，她不僅是他的妻子，更是戰友。他顫抖地說：「不是……不是這樣。我以為，等你全接手，我跟她就可以好好的享受後半生。」

「人生沒那麼多以後，為了怕沒有以後，我才答應回日本陪母親最後一段時光，也穩定住前田家。」前田光從盤坐改為恭敬跪坐，再次對慶廣懇求道：「請父親成全。」語畢伏下身子，額頭抵在榻榻米上，「我懂你的苦心，但我也有我自己想要的人生。」

慶廣茫茫然，六神無主，「那你之後有什麼打算？」

「我會陪著母親養病，畢竟過去沒多少時間相處。另外，我打算請啟泰協助我，準備交接，待穩定後，我要放下執行長位置，重拾畫筆。」他抬起頭看向啟泰，「當初啟泰學的是財經企管，更適合這位置。」說完一笑。

啟泰吞了一口口水，身為次子的他雖不願意，但哥哥畢竟扛了多年責任，他應該也要試著為他分擔。

慶廣沉重嘆息，閉上眼，揮揮手說：「我累了，你們都下去吧。你母親……在哪間醫院？」

驀然他想起那女孩說過的話，兒子已經為親情，不惜犧牲人生、喜好去討好；難道自己真的錯了嗎？他只是想要家人有更好的未來，卻不是兒子想要的未來。

走出了起居間，前田光站在外廊上昂首觀望著古屋景致，屋簷下掛著家徽造型的風鈴迎風搖曳；雖是百年古屋，卻保存良好，絲毫不顯陳舊，每一磚一瓦全是前人心血，歷代祖先的豐功偉業，

他吸著空氣裡揉雜著木頭與草木的清新香氣，閉上眼感受靜謐的氛圍；他喜歡這裡，但有他更想去的地方。

「哥，你真不後悔？」啟泰也曾覺得家族事業的擔子沉重，卻從沒想放下過，人世的繁華絢麗，他放不下。

前田光轉動俊眸，「不會後悔。」

「你這可是效法溫莎公爵不愛江山愛美人。唉，我到很想見見那個女孩，要怎樣的一個人才能讓人放下一切。」

「你遇見後你就會知道，她或許不是最好，但卻讓你盡全力去守護她，讓你更愛著個世界。」

前田光微笑著，他相信遲早有一天，他們會再相見。

3

啟泰大口大口地喝下咖啡，像抒發心中鬱悶後嘆一口氣，「真坐上這位子後才知道哥哥從前有多辛苦，煩死人了，怪不得他不要。外人看這位子多好，坐在上頭才知有多少身不由己呢。」

「所以……他沒跟莉梨小姐訂婚？」悅雪悄悄問道。

「還說什麼訂婚呢，石田會長怕他怕得要死，怕招來一個吃軟飯男人，在日本文化裡，入贅這檔事……石田莉梨畢竟也是有本事的女人，怎可能會屈就自己，現在全日本兩家聯姻的新聞全銷聲匿跡。」

「那他後來去哪？」

提及傷心事，啟泰陷入沉思，「家母罹患胰臟癌，因長年忙於事業延誤就醫，發現時候已經晚期，開了刀也不見好轉，兩個月後腫瘤復發，去年已經走了。而哥哥在母親離世後也離開前田集團。他去哪呢？」啟泰笑了笑看向悅雪說：「這可要問你。」

「我？」她傻楞楞看著啟泰，接著說道：「他並沒來找過我。」

「哎呀，那我哥還真傻，他相信如果你真要找他便會找得到他。不過你們當時分手的場面也不太好看，各人揣著各自的自尊，所以你八成也徹底封鎖他吧。林主編，現在已經不是資訊交通不便的古老年代，真有心還怕飛不到對方身邊？所謂的距離只是心魔太多、缺乏信心的藉口。」

她回想，她確實說過再也不想見到他，估計前田光自尊這麼高，也不可能失約後回頭求她，更何況她早斷了與他有關一切資訊。

啟泰繼而說：「我呢，受他之託在日本找古谷遼的資料，又將人和物帶回台灣給你，算是仁至義盡。至於他的動向，老實說我也不太清楚，他說要去做自己想做的事，不依靠前田家，所以我得到的資訊有限，而且就算真有資料……」他露出跟前田光一樣頑皮的笑容，「我是商人，怎麼說也不會白白給東西。」他還沒算哥哥將執行長這燙手山芋丟給他的帳。

「他相信我如果要找會找到他……」她反覆唸著，心中暗自下決定，「我知道了，謝謝你。」

她起身拾過帳單，匆匆離開。

慎一滿臉錯愕，而啟泰緩緩說：「長這麼大，第一次被女人請客。」

悅雪急急開了車門，插入鑰匙啟動引擎，事情的發展全超乎她所想。

「開什麼玩笑！上輩子做不到的事，難道這輩子我還做不到？什麼考驗，真是看扁我了！」

她看了看手錶，一點二十分，雜誌社同仁應該多數還在辦公。

如果世間的安排都其有道理，與古谷相遇喚醒月檀對人生的渴望，掙脫藝旦命運變成布商，無形中創立育幼院保護來生的自己；那今生的自己，不也湊巧激發前田光追求自由的勇氣。

既然所有安排都有目的，那自己在雜誌社工作不也是。

到了雜誌社所屬的大樓後，她將車停靠路邊，急忙按著電梯。

櫃台行政助理見她踏入雜誌社，便笑吟吟問道：「林主編今天不是休假嗎？怎麼還會跑來？」

「老賀！不，總監在嗎？」她快步向前問。

「在辦公室，剛回來……」

話還沒說完，她飛快衝向老賀的辦公室，沿途經過見兩名記者在茶水間聊天，便喚道：「給我整理出這一年前田集團的所有新聞。」

兩人一愣，不是說這是主編的禁忌嗎？

「快！」

「喔……」雖一臉疑惑，但他們還是各自回座，火速搜尋。

跑進了老賀的辦公室，老賀正持著手沖壺緩緩向濾杯注水，咖啡的濃醇香氣四溢。

今天下午茶時段他難得悠哉，正打算品嚐新購的咖啡豆。

「小雪，你怎麼跑回來了，你看，這是聞名遐邇的巴拿馬藝伎，一磅要……」

「舅舅！幫我一個忙。」她大聲請求。

老賀拿起咖啡杯聞了聞，困惑問道：「你是怎麼了？什麼事那麼著急？」說完以杯就口，閉上眼感動，不愧是蟬聯多年盲測冠軍的精品咖啡豆。

悅雪說道：「我想借你的人脈用，幫我查日本的畫展、比賽、雜誌、廣告，有沒有前田光的消息。」

聽到禁忌的名字老賀咳了一聲，咖啡溢出沾染襯衫，「怎麼啦？又提到他。」

「我要去日本，我要去找他。」

他放下咖啡杯，鎮定看著外甥女那雙神采奕奕剛毅眼神。

4

石礫下古谷遼喃喃：「我本來是不信神的，但我真的希望島國的諸神佛，或內地的大神能對我們有一絲憐憫。如果說此生的修行太淺薄，所有的痛苦都是為了來生，那我唯一的希望是能與你在生命的盡頭相逢。」視力逐漸模糊了，知覺也漸漸散失，他知道自己正逐步步向死亡。

古谷躺在瓦礫堆裡，滿臉髒污，瓦房坍倒隔絕了光與影，視野所及全黑魆魆一片，計算不出他被困在地下的日數。

他哪裡也去不了，那天天未亮他前往本堂做屏障畫修補，突然一陣天搖地動，根本來不及反應整個人就陷到地底去了，身軀硬生生被埋在碎石裡，沒水沒食物沒光線，連空氣也開始稀薄，原來死亡是這樣的滋味。

初始還聽聞周圍的哭泣求救聲，但隨著時間軸前進，漸漸也只剩一片死寂。沒有搜救隊的聲音，沒有人呼喚生還者，災情實在太嚴重，再加上和歌山縣緊靠大平洋，地震引發海嘯疏散就來不及，自然更無暇救助，況且誰會想到深夜仍有人跑到山裡的寺廟趕工呢。

他想到宿坊內的鐵盒，那是他的寶物，裡面的信件在他死後誰能幫他傳遞呢？多可惜啊，那來不及修復的壁畫，來不及寄出的信，來不及會面的人。

修補寺廟壁畫這麼多年，沒有一刻是真的信過神，但此刻他真的希望，如果命運真要奪去他性命，起碼可以善待遠方的人。

他向著空無一物的前方，伸出手，卻什麼都抓不住，至死都掛念著此生的遺憾。

「前田老師，前田老師，你還好嗎？」策展人椎名佳奈問道。

今天是前田光在北海道雪之美術館〈融雪〉展覽的最後一天，她必須好好把握機會，外傳前田光在家族鬥爭中失去執行長身分，但既然身為前田家長子，誰曉得哪天會不會重奪執行長之位呢？所以當初聽聞公司正為前田光〈融雪〉籌畫展覽時，她不惜毛遂自薦，眼前可是位現成的金龜婿啊。

思及此，她鼓起勇氣問道：「前田老師如果有什麼煩惱的話可以跟我說沒關係，佳奈很樂意分憂解勞。」她揚起嘴角，上面塗滿剛特意補妝的唇彩，閃著油亮光澤和點點金粉，濃密睫毛倒影映在眼眶。

前田光看也不看，淡淡地說：「喔，沒事。我去外面透透氣。」他披上羊毛呢外套，拾起帽子蓋住已剪短的頭髮，起身走向出口處。

「那……請前田老師，別忘了展覽結束後的慶功宴。」被拋在後方的佳奈鍥而不捨說著。

前田光像沒聽到般繼續向前走。

他輕笑，慶功宴？只要她不出現，這場展覽便不算成功，因為〈融雪〉每一幅畫都是為她而畫。

母親喪事結束後，他離開前田家。出發那天早上，弟弟啟泰哭喪著臉，父親特意在門口送別，不擅言詞表達的父親紅著眼僅一句保重，沉甸甸的一句話印在他心間，融去父子間多年冰冷的關係。這是他第一次感受到久違的父愛。

出了家門後一切以自在為主，他剪去長髮，隨身只有一只皮箱和背包，裡面有畫具和幾件輕便衣物，開始在日本四處遊覽；從九州、四國、本州，最後到北海道。沿路風光人時地物，全化為他創作的養分和顏料，更重要的對初春雪融的那份期待。

他走到美術館外，見漫天風雪，遂伸出手接住了雪，端詳手掌中晶瑩剔透的六角雪花後，小心翼翼放在口袋裡。

今年的雪季特別長，風雪劇烈，甚至爆發出數起雪災，光去年年底新瀉和群馬縣降雪量紛紛創下紀錄，但到了四月初，一切回歸正常，僅剩北海道市區街道積著薄薄的一層雪，過往風霜今天回想只是淡淡的幾則新聞罷了。

他從自動販賣機中取出咖啡，拉開易開罐拉環，向後一仰，率性一飲而盡。

這一年的創作，全為了她。〈融雪〉的創作意念便在此，短短的十幾幅畫作，描繪隆冬凜冽的大雪紛飛、暴風雪、群山積雪的景致，到最後幾幅雪地裡的微光，遠方地平線漸冒出的日光，初春的融雪，是他對人生的渴望。

他想傳達的是希望，不論背負再多痛楚於命運洪流中犖犖孑立，最終都會有融雪的一日，所以他不停地畫，深信兩人在台南立過的誓約；如果開畫展，她一定會來。

只是畫了這麼多幅畫，新聞稿也發布了，她為什麼還看不到呢，或許是不想原諒他。

他頹然地捏著易開罐，往前方的資源回收桶一投，在空中畫出一道拋物線。

驀然，遠方一個微小的身影吸引注他。隨著她逐步走近，他認出了她。

悅雪穿著粉紅色的雪衣、雪靴正氣喘吁吁向他走來，因積雪路滑，所以走得慢。

他睜大雙眼，緊張地擠不出任何話。

她走至他面前，笑吟吟地脫下了帽子。兩頰、鼻頭因雪而凍得紅通通，眼睛依舊明燦有神，小巧的圓臉仍顯年輕稚氣，但神情較過往成熟。她伸出手說著：

「你好，我是《台灣藝界》的主編林悅雪，前田老師方便接受採訪嗎？」

他深吸一口氣，眼前的幸福來的不可置信，趕緊起身緊緊抱住她。

雪融了，春天來得晚了，但終究會來。

後記／敬最絢麗的年代，最亮眼的藝術家們

《下一次鳳凰花開》並非向壁虛造的一部小說。

去年十一月偶經和平東路二段，被懸掛於北師美術館外的《不朽的青春》文宣所吸引，進而踏入藝術鑑賞世界。我乃素人，未經專業美術教育培育，亦未接受過任何鑑賞訓練，但初見黃土水《少女》胸像時，卻深深為其美所撼動。《少女》胸像，栩栩如生，大理石透出瑩白的光輝，圓潤的線條刻鑿出平和端詳的神情，將時光凝結在最靜謐一刻，瞬間即是永恆，亦為不朽。這樣隨心的一次藝術鑑賞，讓我重新思考何謂美；細緻、典雅、新穎、大膽、活潑都是不同風格的美，然而真正能感動人心的，卻是畫家的生命力。

我來來回回遊走不同樓層，佇足於畫作、書簡、黑白相片前，就像穿越時空藩籬，一次次返回明治、大正、昭和時期，逐一認識陳澄波、陳植棋、石川欽一郎、陳進、呂鐵州等台日藝術家。進一步探究其生平，更是美得不可思議。在那最顛簸、壓抑的年代，他們試圖在畫布上綻放心靈的自由，在貧困、孤絕、病痛裡燃燒生命，孜孜矻矻地創作。

窮盡心神究竟想要彰顯什麼？陳植棋說：「用赤誠的藝術力量讓台灣人的生活溫暖起來。」那麼藝術已然超越自我表現層次，而是對土地、文化，乃擴展至對人群的愛。

我是這麼由衷感動，但也遺憾，前人遺留的瑰寶，我們幾乎是遺忘了它。我們熱心搶購每張西洋美術展覽預售票，風靡每場海外文物特展，卻疏於珍視自己擁有過獨一無二的藝術家。撇開政治立場，日治年代是不同族群、文化的融合，創作元素更多元，西洋畫、東洋畫、國畫交融出豐沛活潑的藝術品，璀璨如萬花筒。有感於台灣曾經有這麼優秀的藝術家，而我輩卻對台灣美術史了解甚少，遂起心動念欲盡一己之力，去詮釋那遠去的年代，進而點燃《下一次鳳凰花開》的構思。

為圓滿這個夢，除查閱彼時藝旦生長環境外，更反覆觀看公視藝術很有事製作的《追尋不朽的青春》、《探尋未竟的山水》紀錄片。藉由鏡頭，隨著中研院顏娟英教授暨團隊、藝術家後人探尋畫作，喚醒沉寂已久的熱忱，拂去畫框上灰塵，再次對世人展示台灣藝術的光輝。但也讓我不禁反思，藝術如何與商業共生共榮，畢竟沒有商業的支持，收藏家的珍藏，何以將作品留存、修復？

《下一次鳳凰花開》雖以一九四五年日治時代為舞台，考據大稻埕藝旦風華、台南大正町、民俗與歷史事件，但非歷史小說，僅能視為時代小說，人設皆為虛構。古谷遼人設主要參考石川欽一郎、鹽月桃甫、西鄉孤月等日籍畫師經歷，再編撰其生平。而我刻意將男主歸為狩野派，主因為狩野派雖是日本最大畫派別，卻融合漢畫技巧，到了明治維新時代，又面臨西化浪潮的衝擊，故取其融和的涵義。再者，每每造訪日本佛寺古城時，也總為屏障畫古典精細筆觸所折服，自然男主設為狩野派的信徒，儘管當時狩野派已沒落。

偶然的一場展覽觸發一本小說的完成，似乎是很羅曼蒂克的事，但我不願它只停留在愛情小說的層次，特別發生在那絢麗年代，它該是有生命力、韌性、本土感的，所以書中除涉及台灣藝術史外，眾多角色從最初追尋一幅畫的真相，到激發改變人生的想望，全緊扣《不朽的青春》兩大元素——精神不朽與再發現。

依台灣省政府主計處公布一九二六到一九三〇平均餘命，男性三十八歲，女性四十三歲，當生命相對有限、短暫的狀態下，人生的目的為何？黃土水〈出生於臺灣〉寫到：「人類要能永劫不死的方法只有一個，就是精神上的不朽。」依我個人闡譯，我等雖非藝術家，然一樣能達到精神上的不朽；精神不朽並非社會認可的成功富裕一途，而是一種自我實現需求（self - actualization needs），哪怕你的理想難以被他人認同，只要能忠於自我，心之所願，那即是真正的自由，即是一種不朽。

在《下一次鳳凰花開》，我以愛情包裝理想追求，因為愛情本身就是一個美好理想。然則追尋理想不是人人都能成功，難免挫折，遭逢痛苦，許多人會氣餒，將付出視為徒勞，卻忽略不論愛情或理想不是非得要Happy Ending才有意義，有時候在尋索的道路上我們已經得到餽贈，豐富彼此的人生和靈魂。

《下一次鳳凰花開》就是在這樣背景誕生出來，也是我回饋給藝術家的感動。這是我的第一本小說，感謝秀威資訊賦予出版的機會，讓故事得以呈現於世，也感謝編輯人玉的細心協助，以及不停鼓勵我創作的皮皮、佳琪、沛慈、家禾、姿葶，也感謝正在閱讀的你。

釀小說119　PG2627

下一次鳳凰花開

作　　者　瑪　西
責任編輯　孟人玉
圖文排版　陳彥妏
封面設計　劉肇昇

出版策劃　釀出版
製作發行　秀威資訊科技股份有限公司
114 台北市內湖區瑞光路76巷65號1樓
電話：+886-2-2796-3638　傳真：+886-2-2796-1377
服務信箱：service@showwe.com.tw
http://www.showwe.com.tw
郵政劃撥　19563868　戶名：秀威資訊科技股份有限公司
展售門市　國家書店【松江門市】
104 台北市中山區松江路209號1樓
電話：+886-2-2518-0207　傳真：+886-2-2518-0778
網路訂購　秀威網路書店：https://store.showwe.tw
國家網路書店：https://www.govbooks.com.tw
法律顧問　毛國樑　律師
總 經 銷　聯合發行股份有限公司
231新北市新店區寶橋路235巷6弄6號4F
電話：+886-2-2917-8022　傳真：+886-2-2915-6275

出版日期　2021年9月　BOD一版
定　　價　360元

讀者回函卡

Printed in Taiwan

國家圖書館出版品預行編目

下一次鳳凰花開/瑪西著. -- 一版. -- 臺北市：釀出版,
2021.9
面； 公分. -- (釀小說；119)
BOD版
ISBN 978-986-445-515-7(平裝)

863.57 110012671